LA FILLE DU POULPE

LA ROUTE DU ROME

La route du Rome
ISBN 978-2-8207-0348-4

Coordination de la collection par Serguei Dounovetz

LA FILLE DU POULPE
Michel Quint

LA ROUTE DU ROME

LA FILLE DU POULPE
MOBY DICK ÉDITEUR

Du même auteur :

Billard à l'étage, Éditions Calmann-Lévy
(traduit en allemand et en portugais/Brésil) Grand Prix de littérature policière. Adapté au cinéma par Jean Marboeuf

L'éternité sans faute, Éditions Rivages Noir, 2000

Effroyables jardins, Éditions Joëlle Losfeld, 2000, Folio (Traduit en 25 langues, vendu en France à plus d'un million et demi d'exemplaires. Prix Cinéroman. Prix Jean-Claude Izzo. Prix des lycéens de l'académie de Poitiers. Prix de la Société des Gens de lettres. Prix de la Société des Sciences de Lille. Adapté au cinéma par Jean Becker. Une dizaine d'adaptations au théâtre, dont celles de Gérard Gelas, celle de Gilles Defacque, des Matapeste, des Colombaioni à Sao Paulo, d'André Salzet, de la compagnie Duschka.)

La printanière, Editions Serge Safran, 2022
(dans la dernière sélection du prix Renaudot et du prix Renaudot des lycéens 2022)

Celui-ci est pour mes trois sorcières : ma femme
Brigitte, Nathalie Thorez et Claire Le Guellaff...
Le mie tre streghe...!!

Prologue

Au cœur de Rome la via del Corso relie d'un trait la piazza del Popolo à la piazza Venezia, dominée par le Vittoriano, monument à Vittorio II, que les Romains appellent la machine à écrire, la macchina da scrivere, à cause de son architecture, de ses escaliers, en clavier.

On est le 14 août 2022, veille de la fête de Ferragosto où l'Italie est un pays mort. Ou en pieuse méditation. Aujourd'hui autos, vélos, trottinettes, vespas, encombrent la chaussée dans les deux sens, klaxons, invectives, sonnettes, cris d'alarme avant une collision possible. Un enfer sonore. On se bouscule sur les trottoirs entre les multiples boutiques, les hommes d'affaires pressés, les amoureux qui bloquent le flux pour un foutu baiser, regardés avec envie, les touristes sac à dos en quête de colifichets souvenirs, les flâneuses en plein shopping et leurs stops imprévisibles devant une robe, une fanfreluche exposées en vitrine. Dans une température caniculaire on jouit du jour ouvrable avant le désert de demain. Beaucoup de messieurs ont leur veste pliée au creux du bras et les dames s'épongent entre les seins, sans vergogne. Traînent aussi des gus habillés usé, troué, pas rasés, parfumés à la sueur, qui n'ont rien à faire là mais tendent la main, prego, per mangiare[1].

Vers le milieu de la via, presque en face de la via delle Muratte très encombrée, qui mène droit à la Fontana Di Trevi, une boutique pas trop chic, propose des sacs, des valises, de petits vêtements en cuir. Tout ce qui se vend là est à base de cuir. « Pelle e borse ». La vendeuse, Gigliola, accueille une jeune femme dans la trentaine, cheveux auburn, courts, visage à la Hepburn de « Vacances romaines », très séduisante dans sa petite robe d'été à bretelles spaghetti qui met ses formes pleines en valeur. Elle tient par la main une petite fille en robe de tulle imprimée arc-en-ciel. Après, sa maman a promis une glace dans la gelateria légendaire, un peu plus bas, où coule en permanence sur tout un mur une cascade de chocolat liquide. La jolie dame voudrait un gilet de cuir noir ou brun foncé. Strict, pour une élégance quotidienne, faire les courses, décolleté ? Ou une robe ? Faut voir les prix... à porter en soirée à même la peau ? Peut-être on va regarder, essayer... La vendeuse la guide vers un portant, fait défiler les modèles, sages, sexys... La jeune cliente opterait bien pour ce modèle ajouré, avec la poitrine visible sur le côté... C'est peut-être trop...

Et tout soudain une clameur se fait dans la via, des hurlements, on court dans tous les sens, le circulation est presque paralysée. Et la petite n'est plus là. Gigliola et la cliente se précipitent dehors. La gamine est là, la tempe fracassée contre le rebord de pierre de la vitrine. Elle a à peine saigné, sa robe de tulle arc-en-ciel est déchirée large sur le côté gauche, et ses yeux sont restés ouverts. Même elle sourit. Alors la maman s'agenouille à côté du corps et hurle sa douleur au point que tout se tait, les klaxons des autos, obligées de ralentir, de stopper, les moteurs à fond de celles qui trouvent une ouverture, les gens qui ont tout vu, ceux qui ont déjà tiré leurs conclusions, un chauffard à vélo qui double à droite et voilà tout. Mais non, c'est une voiture qui, l'a à peine heurtée, une Fiat, plutôt une Peugeot, mais non c'était une vespa qui se faufilait... Le hurlement de la maman fait taire ce ramdam sinistre. Et puis on entend une sirène d'ambulance approcher.

Le jour d'avant. Début août 23
Un jeudi donc

Quand Gabriella pousse la porte de la Sainte-Scolasse, bar-restaurant de l'avenue Ledru-Rollin, tout le soleil parisien et l'été entrent avec son sourire. Saison oblige, pas de manifs aujourd'hui dans le quartier. Les conversations cosmopolites des touristes remplacent les mots d'ordre syndicaux habituels criés par des mégaphones en tête de cortèges. Il est tôt, encore personne en terrasse ni au bar, la partie restaurant s'animera en fin de matinée. On pourrait presque dire que c'est un jour de fête. Parce que l'intérieur de l'établissement se trouve illuminé par l'humeur heureuse de Gabriella. Tout son visage de métisse divine rayonne au point de faire briller le zinc du comptoir, d'éclairer le fond de la salle, de raviver le carrelage d'éclats de céramiques disparates, assemblés en opus incertum, à l'ancienne mode de Paris. Et d'amener la joie sur le visage de Juliette, blonde aux courtes boucles, en plein astiquage de la machine à café. Gabriella lui souffle un baiser de loin :

— Bonjour ma Juliette !

Avant d'aller poser son ordi portable sur la table habituelle, en vitrine, d'accepter que Léon IV, le chien, vienne lui lécher la main et se couche à ses pieds. Le temps de laisser Juliette lui rendre son salut et poser la question inutile :

— Un double expresso allongé comme toujours, Gabriella ?

La tasse fumante arrive aussi vite qu'elle démarre

son engin, avant d'y commencer la lecture des actualités mondiales de tous ordres. Gabriel, dit le Poulpe, son papa adoptif demeure fidèle au *Parisien*, qu'il lira tout à l'heure, ici même, mais Gabriella lui affirme, sans rire mais pour plaisanter, que l'univers est plus grand que la capitale. Aussi fait-elle chaque matin sa revue de presse. La guerre en Ukraine, Trump à la reconquête du pouvoir, les effets néfastes du Brexit, les futurs JO ici même dans un an... Elle détourne un instant les yeux de son écran pour répondre au coucou de Julie, l'amoureuse de Juliette et coproprio du lieu, dont l'abondante chevelure rousse s'est encadrée dans la petite ouverture du passe-plats. Vlad, roumain d'origine qui a gardé l'accent et officie en cuisine avec elle, crie son bonjour de loin.

Le plaisir de ce rituel matinal une fois savouré, Gabriella peut continuer sa lecture et être attirée par une enquête sur les séjours à Rome. Bien entendu, on y célèbre les traces de l'antiquité, les musées, la qualité des restaurants, la douceur du climat, mais aussi on met en garde contre certains dangers. On attire ainsi l'attention sur le vol à la tire, les arnaques aux faux coupe-files pour la visite des monuments et, Gabriella lève un sourcil étonné, sur une recrudescence des accidents de la circulation, dont beaucoup trop mortels, dûs à l'indiscipline des vélos, des trottinettes, et à la façon de conduite légendaire, sans véritable règle, des Italiens. Des cas de décès d'enfants, de jeunes mariés, de piétons innocents, meurtris sur un trottoir par une voiture impatiente, une camionnette en retard pour une livraison, sont ainsi évoqués. Tiens, tiens, étonnant qu'on fasse un tel battage...

Gabriella n'a pas le temps de poursuivre sa lecture, Gabriel, casquette d'été, journal au poing, tout embarrassé de ses longs bras comme l'albatros empêché de voler par ses ailes de géant, vient s'asseoir à côté d'elle :

— Rome ? Houlà ! Faudrait me payer cher pour que j'y mette les pieds... A force de baguenauder partout, j'ai envie de mer du Nord ; de Malo les Bains, du Touquet... Pourquoi tu lis ça ?

Pour toute réponse, Gabriella sort un billet d'avion de sa veste en jean, le brandit sous le nez de Gabriel. Le Poulpe plisse les yeux, déchiffre :

— Tu pars demain ? A Rome ? Une enquête ? Fais gaffe...

Gabriella fait non de la tête, voit que Juliette a entendu, qu'elle approche, coquine et taquine :

— Mais non, une affaire d'amour, j'en suis sûre !

Et elle crie tout fort pour Julie :

— Gabriella est amoureuse ! D'un Italien ! Elle va le rejoindre à Rome ! Nous on est jalouses, hein ?

Trois secondes et la rousse accourt, encore à s'essuyer les mains dans un torchon :

— Pas vrai ? Mais tu feras la noce ici, hein ? J'inventerai un gâteau spécial ! Dis-nous, il fait quoi ? il est comment ton amoureux ? T'as pas une photo ?

Gabriella se contente de monter que ses lèvres sont scellées, qu'elle ne dira rien. Et puis elle éclate de rire devant la déception des filles. Le Poulpe attrape le bras de Julie :

— Ce midi, mitonne-nous les lasagnes maison. Et passe-moi le programme TV, voir s'ils passent un film italien... Même un vieux... faut qu'elle se prépare...

Jour 1. Début août 2023
Vendredi

Gabriella, le nez collé à son hublot, dévore le paysage survolé par l'avion depuis qu'il a amorcé sa descente vers l'aéroport de Rome Fiumicino. Vite le bord de mer, le lungomare et ses hauts fonds transparents, puis quelques villas isolées, cossues, des fermes, des étendues rurales, des pins parasols, oh comme elle les aime ces pins qu'elle a envie de caresser... Même quand apparaissent les hangars de l'aéroport, les nœuds autoroutiers qui les desservent, tous ces avions à l'arrêt, que son Airbus roule sur le tarmac avant de s'immobiliser à sa place désignée, que tout le monde se lève, pressé de débarquer. Elle suit le mouvement sans cesser de sourire comme une gamine qui aurait rencontré le vrai Père Noël en douce.

Et elle prend la température extérieure comme une claque. 44 degrés déjà, en fin de matinée... N'aurait pas dû mettre ce petit haut sous sa veste en jean. Puisqu'elle porte rarement de la lingerie. Mais là elle a eu des scrupules, Rome est une ville pontificale même si tout ça c'est du folklore, et paie ses fausses pudibonderies d'un flot de transpiration. Elle ôte sa veste et la garde à la main sans voir les regards masculins sur sa poitrine arrogante, qu'elle trouve un rien maigre par fausse modestie, visible sous le T-shirt déjà trempé de sueur. Faut dire que Gabriella, malgré ses origines boliviennes, a un visage de déesse antique, toujours bronzé à cause de ses origines, mesure un mètre quatre-vingts, a de larges épaules et une démarche de modèle en défilé. Elle peut aussi foncer comme un membre du GIGN dans une bataille sans règles.

Elle grimpe dans la navette qui l'amène au bâtiment principal où elle va attendre sa valise devant le tourniquet dans le Babel des langues multiples des touristes. Et là, à faire le pied de grue elle réalise qu'elle ne parle pas un mot d'italien. Qu'elle ne sait presque rien de l'Italie, ni de Rome sinon que c'est la ville éternelle. A cette pensée elle n'est pas loin de sentir elle aussi proche de l'éternité. Victor lui a offert un guide sommaire, avec une partie pour les expressions utiles, qu'elle garde dans la poche arrière de son pantalon. Victor, son amoureux, qui lui offre ce week-end à Rome, et plus si elle le souhaite avec la promesse de la surprendre. Une surprise… Elle espère deviner laquelle… Qu'il a trouvé un endroit où vivre ensemble… Lui, en tant que grand reporter photographe connaît bien les lieux. Il la rejoint ce soir. Mmmmmm ! Elle a prévenu Le Poulpe, Gabriel, son papa de cœur, de lui foutre la paix pendant une bonne semaine : des affaires personnelles à régler… La justice en coulisses et les bistrots parisiens, la Sainte-Scolasse, peuvent se passer d'elle un petit temps… Même chose pour Pedro, son autre père adoptif, officiel, expert en faux papiers et armes clandestines… Pas besoin de cette vie de torts à redresser au jour le jour, il sera toujours temps de rentrer en France avec des avenirs sentimentaux qui chantent, et le reste on verra…

Quand elle a récupéré sa valise elle s'aperçoit qu'elle a oublié de retenir un taxi pour l'amener en centre-ville. Elle se perd dans la foule des taximen qui brandissent des pancartes avec des noms. Plein de Smith, de Fuchs, de Geerbrandt… mais pas le sien. Jusqu'à ce qu'un jeunot en chemise blanche, très enjôleur, vienne lui proposer :

— Taxi ?

Elle l'aurait embrassé mais se contente d'un « si », sa limite en italien avec « no ». Et les voilà partis sortir une antique Fiat sans compteur du fin fond d'un parking. Elle a noté, presque un kilomètre à pied depuis la sortie « uscita » de l'aéroport. Durant tout le trajet, elle s'étonne de traverser une banlieue banale, des épiceries moches, des bars troubles, des HLM, avant d'arriver dans les premiers encombrements du centre entre des édifices bourgeois. Elle a laissé son jeune chauffeur parler, lui zyeuter la poitrine dans le rétro, dit « ha » de temps en temps. Elle lui a donné l'adresse sur un bout de papier « Via degli Specchi ».

Quand le taxi stoppe devant un vieux palazzo débité en appartements, avec une magnifique double porte ancienne, en chêne sculpté, avant de sortir sa valise du coffre, le joli jeunot lui réclame le prix de la course. Démentiel. Alors elle comprend qu'elle vient de se faire arnaquer par un faux taxi. Elle retiendra la leçon. Et d'abord, quand il se découvre pour remonter en voiture elle lui colle un gauche au buffet, avant de se mettre en garde, des fois que :

– En français on appelle ça un pourboire !

Et le jeunot ne demande pas son reste, il file sans ménager ses vitesses qui hurlent.

Après il faut qu'elle appelle le numéro du propriétaire pour qu'on lui apporte la clef. Elle a le temps d'envoyer un SMS à Victor : « Je t'enverrai le nom et l'adresse du restau où je t'attends ». Elle a refusé d'entrer dans l'immeuble alors qu'une très jolie jeune femme aux courtes boucles auburn en sortait et le lui proposait, porte ouverte. Robe noire stricte, courte certes, mais moulante, et un châle autour du cou, qui insiste et finit par dire « Ah non hai la chiave del appartamento ! [2] » et

« Buena sera [3]» avant de s'en aller d'un pas chaloupé, malgré ses chaussures plates.

Quand elle peut enfin entrer dans son chez elle, Gabriella découvre deux vastes pièces, chambre et living très design, avec une table immense, même la télé, et un petit transistor, et une salle de bains neuve. Et un plafond à caissons, dont les siècles ont foncé les couleurs des motifs peints. Gabriella ne peut s'empêcher de voir dans ce contraste un symbole de la Rome très contemporaine mais qui garde son passé en mémoire, vivant peut-être au point que le présent n'existe qu'au regard du passé. Vite elle ouvre sa valise. On va voir ce qu'on va voir ce soir ! Victor va même tout voir ! Le grand jeu...

Elle étale sur le lit un haut garni de sequins dorés, très impudique, et une mini-jupe assortie. Maintenant douche ! Maquillage plus tard, pas trop tôt par cette chaleur. Après, nue dans un fauteuil, elle regarde un jeu sur canale cinque auquel elle ne comprend rien. Elle pense à la surprise promise par Victor... Et commence à zyeuter son guide et le plan qui va avec. Voyons... On est via degli Specchi... Si elle la continue sur 50 mètres, prend à droite via machin, puis à gauche tout de suite, elle est à cinq minutes du campo dei Fiori, une place. Le nom lui plaît bien. Elle devrait y trouver un chouette restau où donner rendez-vous à Victor qui ne devrait pas tarder à décoller de Charles-De-Gaulle... Elle veut chercher le campo dans son guide, mais s'endort et se réveille à 17 heures passées. Elle vérifie son téléphone. Pas de SMS de Victor en réponse aux siens. Donc il est sûrement dans l'avion...

En deux « coups » de mascara elle se maquille, un coup de peigne, Victor va adorer sa nouvelle coiffure à la Louise Brooks, enfile sa légère tenue d'amoureuse, des escarpins dorés à petits talons et hop là, elle est dans la touffeur de la ville.

Effectivement le campo est à deux pas, pas trop encombré maintenant que le marché quotidien est bouclé et elle marque un arrêt à l'entrée de cette courte place veillée pas une grande statue en son milieu. Quand-même elle voit bien qu'on se retourne sur elle, vêtue de pièces d'or comme pour aller à l'opéra... Et alors ? Son cœur est pris... Encore une fois et celle-ci est peut-être la bonne...? Et puis elle repère, juste là, une vitrine neuve, réfrigérée, avec des glaces insensées en forme de chaussure, de sac à main, et deux bancs juste devant, veillés par un chien bâtard tout bienveillant. Elle entre, s'offre un cornet de n'importe quoi qu'elle va déguster, assise sur un des deux bancs avec le chien tout frétillant dans l'espoir de câlins parce qu'il n'aime pas la glace. Et elle voit, pile en face, une boutique de vins et liqueurs. Elle finit sa glace, laisse une caresse au chien et traverse voir tous ces flacons de grappa, de strega, de rhum, de trucs total inconnus distillés au fin fond d'une campagne perdue, et rares. Dans un coin, une bouteille de rhum, carrée, et son prix affiché : 172 euros ! Elle voit le commerçant, un homme dans la soixantaine, lui sourire depuis son comptoir, lui fait coucou de la main et passe son chemin. 172 euros, c'est une bijouterie ce magasin de liqueurs...! Maintenant il faut choisir un restau, envoyer l'adresse à Victor. Au passage elle note que le type de la statue s'appelait Giordano Bruno. Bon. Lui elle sait qu'il a été brûlé là en 1600 pour avoir maintenu que l'univers était infini. Il revient souvent dans les lectures de Gabriella comme un martyr de la science, lui et Galilée... Et en même temps elle voit la jolie brune croisée au seuil de l'appartement. Elle finit de dresser les tables en terrasse du restaurant « La

Carbonara ». Allons-y pour la carbonara. Au moins les pâtes à la carbonara elle connaît. Le langage des pâtes est universel. Elle s'approche, lève deux doigts en silence pour la dame aux boucles auburn qui la regarde arriver, des couverts encore en mains, sourire aux lèvres. Même en serveuse, Dieu qu'elle est belle... à défaut d'italien, signification du signe de Gabriella : nous serons deux.

Tout de suite la serveuse l'amène à une table bien située, lui tire une chaise :

– Si accomodate. Prego. Aspettiamo un attimo ? [4]

Rien compris mais Gabriella approuve de la tête, prend place en majesté, regarde la carte... Pizza, pâtes, amatriciana, c'est quoi ça, lasagnes...? On verra avec Victor. Si elle a bien calculé il est là dans 20 à 30 minutes. Elle se permettrait volontiers un apéro ! Un spritz ? Deux, un pour Victor... Ça c'est pas compliqué à commander, aucune traduction n'est nécessaire, suffit de dire spritz, et votre vœu est exaucé presque dans l'instant. Toujours pas de message de Victor. Il le fait exprès, aime se laisser désirer, lui faire la surprise, arriver dans son dos, lui mettre les mains sur les yeux : c'est qui ?... Elle lui envoie l'adresse, qu'il se grouille, un spritz l'attend, prend soin de ne pas lui parler d'amour...

Comme elle trempe les lèvres dans son verre, la réponse par SMS lui parvient.

Victor ne viendra pas. Il part s'installer à l'étranger et la remercie pour la parenthèse amoureuse qu'ils ont vécue dans les Cévennes et les quelques semaines qui ont suivi. Elle peut jouir de son séjour à Rome : le loyer de l'appartement est payé pour un mois. Bisous.

Une autre que Gabriella aurait fondu en larmes, serait tombée dans les pommes, Gabriella non. Trop l'habitude des ruptures. Sauf que c'est toujours elle qui largue ses prétendants. Elle supprime Victor de ses contacts téléphoniques, elle connaît le numéro par cœur, par fureur plutôt, t'en foutrais des bisous, et vide son verre de spritz d'un trait avant d'en commander un second. Elle mordrait Victor s'il était à portée, crénom, lui poser un lapin avec ce cynisme...! N'empêche qu'à l'intérieur d'elle c'est tout le chaos de la femme abandonnée en pleine passion. Alors on va passer à du remontant sérieux et le monde des sentiments ira mieux.

Pour commander elle montre sur la carte : des lasagnes et une bouteille de Valpolicella, parce que le nom lui plaît.

Elle a vu la serveuse accueillir en habitué, l'installer pile en face d'elle, un type dans la petite quarantaine, cheveux blond vénitien en bataille, gueule de patricien à la Mastroianni, et complet trois pièces de lin azur. Un aristo romain qui laisse à peine, avec retenue, traîner ses mains sur les hanches de la serveuse, lui parle à l'oreille. Elle rit. Gabriella dévore.

Gabriella a fini ses lasagnes. De Dieu, divines ! Et le Valpo y est passé. C'est le moment de passer au 172 euros, s'ils en ont. Et sans réfléchir, pas mal pompette, elle appelle la serveuse, histoire aussi de confisquer au bellâtre sa conquête locale obligée de garder le sourire. Même si elle n'a pas envie de flirter, faut bien réagir devant un coup en traître, commencer un numéro de séduction, se prouver qu'on n'est pas à mettre au rebut amoureux...

— Vous avez du rhum ? Du bon, hein, du cher !

En français, en même temps qu'elle ouvre un bouton de plus à son chemisier à sequins sur sa poitrine houlàlà. Allons-y, comme prévu pour le grand-jeu ! Le gandin romain remplace Victor, voilà tout, et tant pis... La serveuse est venue apporter la carte spéciale des liqueurs, avec une minuscule variété de « rum » sans h, et s'épate, ravie :

— Vous êtes française. Moi aussi... De Paris...

— Moi aussi mais là je suis à Rome et j'aimerais que vous me serviez votre meilleur rhum, avec ou sans H, à la table du monsieur qui est là. Et sans scrupules elle va tirer une chaise face à l'aristo, continue à parler français :

— Permettez ?

Et n'est même pas surprise qu'il se lève à demi, lui réponde en français avec l'accent d'ici, inimitable, déjà une chanson en soi :

— Je vous en prie. C'est un vrai plaisir... Massimo Agostini...

Elle pense : Tu vas voir mon Victor, qui je peux séduire... Ce type est au moins comte ou marquis...

Et la conversation s'installe. Masssimo se raconte sans retenue. Il est le fils tardif de métayers d'un marquis napolitain. Né à Capaccio, petit bourg près de Paestum, site archéologique à 100 km au sud de Naples. Sa femme dirige un restaurant à Agropoli juste sous Paestum, où il va parfois. Mais l'éloignement, les vies résumées à des coups de téléphone, ils sont séparés, le divorce est prévu bientôt. Aussi parce que métier oblige, il passe tout son temps ici à Rome où il est avvocato. Avocat... Il ouvre les mains, paumes offertes, comme pour dire qu'il ne cache rien, avec son sourire à la Mastroianni, même moins bien coiffé que l'acteur :

— Et vous, si j'ose...

Le monsieur tente bien Gabriella, toujours prête au combat, même s'il est fils de bouseux et encore marié malgré le divorce en vue. Elle trouve qu'il serait une belle vengeance envers ce malotru de Victor, tiens elle va faire un ou deux selfies et les lui envoyer avant qu'il change de numéro...! Elle se penche vers Massimo, et, à mi-voix :

— Vous aidez des voleurs, des assassins à éviter la prison, moi je m'en occupe avant que vous puissiez intervenir… En toute légalité, le plus souvent… Avec mon père adoptif, je comble les failles de la justice… Parce que je suis née en prison à La Paz, d'une mère prostituée…

Il lui attrape les mains, comme s'il n'avait pas entendu la provocation de Gabriella :

— Et vous êtes à Rome pour quelle affaire ?

— Une affaire qui vient de se résoudre.

Gabriella a répondu juste au moment où la serveuse lui apporte son verre de rhum. Elle a mis du temps à trouver le meilleur, sur conseil du cuisinier, faut l'excuser. Est-ce que don Massimo voudrait un dessert ? Parce que les cuisines vont fermer…

— Non merci Caroline, je vais prendre aussi un rhum, le même que celui dégusté par mademoiselle… Et l'addition…

Quand la serveuse apporte le verre de Massimo, deux cafés, cadeau de la maison, du ristretto qui brûle le gosier, et la note, Gabrielle s'aperçoit que ce qu'elle prenait pour un lacet autour de son cou est en réalité un tatouage, en lettres qu'elle ne comprend pas. Alors elle demande. C'est quoi ? La serveuse laisse passer un instant et puis, bas :

— C'est pour ne jamais oublier un malheur…

Massimo est de marbre, il regarde les derniers convives quitter les lieux. Comme la discrétion n'est pas la qualité principale de Gabriella, elle demande, vite :

— Quel malheur ? Vous pouvez nous raconter ? Un deuil, un problème amoureux…? Confiez-vous, ça vous fera du bien… et c'est quoi ces lettres ?

La serveuse fait un pas en arrière :

— Demain j'ai congé jusqu'au dîner. Disons 13 heures aux Tre scalini, piazza Navona. Vous trouverez facilement. Et je vous raconterai. Ce tatouage est, en lettres grecques, les prénoms de ma petite fille morte dans un accident voilà un an : « Démétria - Melina ». Moi c'est Caroline. Mais vous avez entendu Don Agostini m'appeler par ce prénom... Il sait mon histoire...

Et elle tourne les talons, rentre dans le restau presque à la course...

Massimo vide son verre, son ristretto d'une traite. Gabriella par instinct, presque par humilité, met la main à son épaule gauche tatouée d'une toile d'araignée avant de finir aussi son café. Pendant que Massimo essaie, sans vraie conviction, une dernière tentation : finir la soirée dans un bar de la *via Veneto*. Gabriella le toise :

— Après ce qu'on vient d'entendre ?

— Pourquoi suis-je ici presque chaque jour...? Sai, Caroline, la voglio bene...

Les derniers mots en italien lui ont échappé sur un souffle. Gabriella lui laisse sa main à effleurer :

— Demain alors ? Rendez-vous à 21 heures en terrasse devant le Panthéon à l'angle de la petite piazza San Eustaccio... Vous me reconnaîtrez ?

— Mettez quand même un gardénia à votre boutonnière.

Vite elle se presse contre lui, hop là, deux selfles ! Et elle le laisse en plan. Après ce flirtouillage rondement mené faut rentrer maintenant, avec toute cette brume d'alcool et l'image obstinée des yeux tristes de Caroline...

De retour à l'appartement, dans une démarche assez erratique, alcoolisée, Gabriella prend son fer à friser et retrouve ses courtes boucles noires. Toujours çà que Victor n'aura jamais. Pas plus que les selfies refusés : téléphone résilié. Pour Massimo, on verra. Quant à Caroline, elle craint le pire de ce qu'elle lui confiera demain.

Jour 2. Samedi

Réveil tardif de Gabriella. Pas trop de gueule de bois. Elle range sa parure sexy à sequins, prend une douche, s'habille en touriste, jean et T-shirt, sa petite besace, papiers, argent, en bandoulière. Ensuite elle étudie son plan pour repérer la piazza où elle doit retrouver Caroline... Piazza Navona... Voyons... Je sors, je vais tout droit vers la grosse artère, le corso Vittorio Emanuele, je traverse, corso Rinascimento, et j'y suis... Dix minutes maxi...

En attendant elle lit son guide, tâche de se familiariser avec l'histoire de Rome, ses monuments, consulte un peu la section des expressions usuelles, le lexique, grazie mille, vorrei un bicchiere di[5]... Et puis sur les coup de la demie de midi, elle sort. Et ne peut pas s'empêcher de s'ébahir en silence devant le mélange de palais anciens, de demeures modestes, et cette foule d'employés, de ménagères au cabas plein de légumes achetés sur le marché du campo... Mais elle reste bouche ouverte à son premier pas sur la piazza Navona et sa fontaine monumentale des quatre fleuves. Elle sait depuis sa lecture du guide, à l'instant, que le lieu est un ancien stade construit par l'empereur Domitien. 30 000 spectateurs, c'est pas le parc des Princes mais tout de même...

Les Tre Scalini font terrasse ouverte, protégée du soleil par un vaste auvent, presque au milieu de la place. Caroline attend déjà, l'œil dans le lointain. Quand elle voit arriver Gabriella, elle se met à rire, tend la main :

— Maintenant on a la même coiffure.

Et c'est vrai. Deux sœurs en capillarité. Elles rient vite de cette unique ressemblance à part leur pouvoir de séduction : Gabriella mesure 10 centimètres de plus que Caroline. Elle prend place devant elle et constate que si elle a adopté l'uniforme du touriste, finis les sequins et les séductions de la chair au vu et au su, Caroline a fait l'inverse. Robe blanche, très, très courte, sans bretelles, qu'on dirait à peine accrochée aux mamelons de sa poitrine avantageuse. On a encore plus l'œil attiré par le tatouage de son cou. Ces messieurs qui commencent à occuper la terrasse n'en perdent pas une miette. Ils admirent, en connaisseurs la beauté, sans arrière-pensée, comme il sied à Rome. Les dames s'installent quand même de façon à tenter de leur masquer le spectacle. Gabriella se demande juste pourquoi cette tenue incongrue ici à cette heure. Caroline pointe du doigt le tatouage araignée sur l'épaule de Gabriella et sourit, un sourire de bienvenue, comme si un rituel de passage venait d'être satisfait. Elle commande deux spritz.

Elles sirotent leur apéritif, et passent au rizotto choisi d'autorité par Caroline. Va pour le rizotto… Gabriella s'est bien gardée de poser des questions sur Démétria, sur la mort de la petite. Elle n'a encore rien osé, sauf des curiosités rapides sur les fontaines de la place, savoir si vraiment l'église là, à côté, abrite le crâne de sainte Agnès…

Caroline parle quand on apporte les cafés, toujours du ristretto comme la veille au soir, à voix basse, neutre, sans émotion :

— Tout a commencé il y a cinq ans, presque jour pour jour. Je travaillais au Louvre. Au nettoyage des sols de quelques-unes des cinquante salles du département des antiquités grecques, étrusques et romaines. Des statues, des bas-reliefs, treize mille céramiques grecques... Mais tu connais, bien sûr t'es déjà allée au musée du Louvre... C'est plein de muséographes, d'étudiants, d'archéologues... Moi je bossais en dehors des heures d'ouverture... Pour ce boulot pas besoin de diplôme...

— Jamais foutu les pieds au Louvre...

— On s'en fout. Evidemment je faisais ma tournée le soir sur mon petit tracteur à brosse ronde. Et à la nuit tombante, on devait allumer les loupiotes de service avant que la sécurité branche les alarmes, il y a cinq ans, juste avant la fin du jour et les alarmes, va savoir pourquoi, je m'arrête devant le sarcophage étrusque des époux. Un truc funéraire énorme, où le couple, comme s'ils assistaient à leur propre banquet de deuil, sourit par-delà la mort. Tous ces commentaires je les connaissais par cœur grâce à mes jeunes collègues guides qui croyaient me séduire avec leur culture dont je me foutais totalement et venaient me réciter leur baratin au moment où ils quittaient leur poste et où j'arrivais au mien.

— Donc ce soir-là, moteur de mon tracteur à l'arrêt, je suis debout devant le sarcophage... Tu vois lequel ?

— Non.

— On s'en tape... Je me disais encore une fois que ces deux-là avaient dû être amoureux fous et que si un audelà existe ils ont l'éternité d'amour devant eux. Moi rien qu'une vie, même un morceau de vie, je m'en contenterais. Et derrière moi, j'entends une voix sombre, avec cet accent italien qu'on dirait qu'ils vont te caresser à chaque mot :

« Ne mourez pas. L'amour vous attend ici-bas... »

— Je me retourne et il est là en jean et chemise blanche aux manches retroussées, le cheveu noir tout n'importe comment, et ce visage d'intello sans lunettes.

Il m'a attendu jusqu'à la fin de mon poste, on est allé boire des bières, du populaire pas cher, et il est rentré chez moi, à mon studio vers le père Lachaise. Il finissait un stage au musée qui lui permettrait je ne sais plus quoi de mieux dans son boulot de guide à Rome. Il est resté une semaine, est rentré en Italie, il allait me faire venir et tout et tout... Neuf mois plus tard j'accouchais de Demetria. J'ai voulu le contacter pendant toute ma grossesse mais son adresse était fausse, y compris dans les registres du Louvre où il n'était que visiteur privilégié. Je n'avais qu'un prénom grec : Diogenes.

Caroline se lève, attrape son sac à main, tire un peu sur le bas de sa robe :

— Viens j'ai des trucs à te montrer, t'as pas peur de marcher ?

— Tu vas quand même pas me montrer des ruines antiques ? T'as pas fini ton histoire...

— Je vais te montrer mes ruines à moi... Parce que toi aussi, je t'ai observée hier soir, pour avoir eu cette conduite avec Massimo, et habillée comme t'étais, toi aussi t'es un peu démolie d'amour... Je me trompe ?

Gabriella ne répond pas, se lève, prête à la suivre.

Et elles prennent à travers des petites rues encombrées des courtes terrasses des pizzerias à touristes. Parmi les odeurs de plats épicés. Parfois une chanson dérape jusque dans la rue, *Dove andiamo noi...? Volare oh oh, cantare ohohoh*[6] Gabriella entend mais ne comprend pas Paolo Conte ou Domenico Modugno, les standards, ni que Caroline se rembrunisse, presse le pas. Elle garde le nez baissé sur le dallage des voies en petits pavés gris, disposés en losange, et souvent déchaussés. On dirait que ces voies datent de la ville antique. Elles sont vite via del Corso aussi encombrée, trottoirs et chaussée, que d'habitude, elles remontent vers la piazza del Popolo, tournent dans une toute petite rue d'ombre qui mène au Tibre, et s'arrêtent devant un immeuble modeste, modeste pour Rome. Caroline tend un doigt vers le dernier étage :

— Quand je suis arrivée, Diogenes habitait un studio, là-haut, au dernier étage. J'y ai emménagé avec lui et Demetria.

Gabriella met une main sur le bras de Caroline :

— Je ne comprends pas ? Tu l'avais retrouvé ?

— Il était revenu à Paris avec la même bourse d'étude que la première fois. Il y a deux ans maintenant, après trois d'absence, un soir il m'a attendue devant le sarcophage. Il m'a affirmé ne pas s'être senti prêt à une vie à deux à notre première rencontre, mais maintenant oui... A l'époque, il avait peur qu'on lui demande des comptes sur une affaire pas claire, il n'a pas voulu m'y mêler, sinon tu penses bien... J'ai répondu :

— Une vie à trois...

Elle s'appuie contre le mur d'une maison un peu plus cossue que les autres, porte la main à son tatouage :

— Et j'ai dit Demetria. Il s'est un peu assombri et puis le prénom grec de notre fille a eu l'air de le charmer. Il avait des racines grecques même si sa famille était éteinte. Enfin presque mais peu importe, il a dit... Il y aura de la place pour trois à Rome. Demain il prend les billets. Et moi j'ai craqué, j'en pouvais plus de lui. Je l'ai laissé me baiser vite fait derrière le sarcophage, hors caméras de surveillance, je savais l'angle mort. Et au matin je lui ai présenté Demetria, trois ans, qu'il a charmée en deux bisous et des peluches achetées au Monop du coin. A la fin de la semaine on débarquait ici. Je baragouinais déjà l'italien, va savoir pourquoi, grâce à un collègue d'origine napolitaine qui me donnait des leçons particulières payées parfois en nature si j'étais en manque. Moche non ? Je suis une fille de rien ?

— Tu es une fille à mille vies. Mais continue, je devine que tu ne m'as pas dit l'essentiel, à part Demetria...

— La lune de miel a duré six mois. Il me trompait. Il avait une sorte de harem dans le monde des guides, se tapait des touristes... C'était de notoriété. Ses copains, ses connaissances il me laissait à peine les croiser, me cachait ses petites affaires. Et moi bonne pomme, je baissais les yeux... En plus, il était jaloux... J'étais accro, aux anges quand il daignait me toucher... D'autant que Demetria était en crèche ou gardée par Flora une voisine qui fait de la compta à domicile, une de ses anciennes, avec un petit revenez-y parfois...

— Il te frappait ?

— Non. J'étais trop soumise, il n'avait pas de raison... Et il n'est jamais violent... Si tu pouvais le voir... Aucun homme n'est plus beau. Toutes les femmes étaient à ses pieds...

— Et tu faisais quoi de tes journées, de tes moments sans lui...

— Je m'étais trouvé un boulot. Très prenant, à horaires variables : femme de chambre à l'Excelsior, le palace en haut de la via Veneto... Plein de stars y ont habité... L'actrice Anna Magnani... C'est drôle mais le directeur était un Belge de Tournai, un gentil qui ne me draguait même pas... Mais un jour il m'a demandé si je voulais bien servir les boissons parmi les participants à la fête après un mariage mondain. Là il souhaitait que j'utilise mes avantages pour faire boire le plus possible de champagne. Si je disais non, il ne serait pas furieux, je garderais mon poste de cameriera [7]. J'ai dit oui et me suis laissé pincer les fesses, peloter jusqu'à l'aube et plus soif... Mais j'étais dans la place. Fini le ménage dans les chambres, j'officiais désormais au bar.

— Mais tu n'y es plus...

— J'ai tenu quatre mois et puis un connard de client suisse, parce que je m'étais refusée, a menacé de porter plainte à la direction du Groupe... Au revoir et merci. Le directeur a presque versé une larme quand il m'a signifié mon renvoi imposé par le siège... Mais il m'a donné une lettre de recommandation pour servir jusqu'à l'aube dans un bar chic, plus bas dans la via Veneto... J'ai pas tenu cette vie de bâton de chaise... Après, Diogenes m'a fait engager dans un autre bar, près de la Fontana di Trevi. Où il buvait du rum, sa boisson favorite, toi aussi t'aime bien, drôle de coïncidence... Il y retrouvait ses copains et copines guides...

— Tu le vois encore ? Pourquoi t'a quitté ce bar ?

Une question banale de Gabriella. Elle est surprise quand Caroline laisse couler ses larmes, sans bruit, vient se blottir dans ses bras et dans un petit reniflement :

— Il a disparu. Avec armes et bagages. Le jour où Demetria est morte. Une voiture a fauché ma petite sur la via del Corso... Avant même l'arrivée de la police j'ai essayé de l'appeler. Depuis la boutique où j'étais entrée... Téléphone résilié.

Gabriella pense : pile comme celui de Victor. Caroline continue :

Je suis revenue ici dès que possible, sûre qu'il dormait après une série de visites du Colosseo, qu'il avait oublié d'acheter un nouveau téléphone... Il n'était plus là. L'appartement était vide. Toutes ses affaires envolées. Pas un mot. Rien. Et tu sais le pire ? S'il revenait je le reprendrais dans mon lit... J'en suis presque sûre, je connais mes faiblesses...

Gabriella grimace, attrape les mains de Caroline, la regarde en face :

— Je vais te dire, mon histoire à moi est simple : hier soir Victor, mon amoureux, devait me rejoindre ici, à la ville des amours éternelles, me faire une surprise... Tu devines celle que j'attendais : louer un appartement, habiter ensemble. Au lieu de ça il m'a envoyé un SMS comme quoi il me quittait pour une destination et une femme inconnue, et il allait changer de téléphone. Il m'a dit que j'étais une parenthèse de choix... Moi, une parenthèse...! Tu vois on a le même destin de femmes abandonnées. Et je m'en fous, sauf si on se croise, alors je lui coupe les couilles... Mais toi, même si je ne peux pas mesurer ta douleur, je sais comment te faire du bien. Est-ce que la police a trouvé le chauffard qui a tué Demetria ?

— Non. Ils ont clos l'enquête assez vite. Sauf un ispettore de la crim, Barberini, au bord de la retraite. Il continue à enquêter en douce. Sa hiérarchie ne peut plus rien lui interdire... Il m'appelle parfois juste pour me dire que rien de neuf et essayer de me réconforter.

— Alors moi je vais lui mettre la main dessus, à cet assassin d'enfant ! Promis. Avec toi. On commence tout de suite. Tu me mènes à la boutique de la tragédie...

Et elles redescendent la via del Corso jusqu'à la boutique « Pelle e borse » [8]. Gabriella aimerait aller jusqu'aux forums impériaux. Sans la foutue machine à écrire, ce monument monumental, on les apercevrait ; et le Colisée derrière... Mais le tourisme on verra plus tard... Elle a déclaré, très abrupte comme d'habitude, qu'on se foutait du gigolo, Diogenes. Rien à voir avec le chauffard qui a tué Demetria. Lui c'est un meurtrier qui doit payer pour son crime. Il n'a pas pu ignorer qu'il avait envoyé une petite fille valdinguer dans le décor. En même temps elle a bien conscience qu'elle est en train de commencer à effacer Victor, à le mettre à la poubelle de son cœur.

Justement les poubelles géantes à déborder sur les

trottoirs, à se pincer le nez, à passer au large, elle ne comprend pas cette ville soucieuse de faire la fière depuis trois millénaires presque, pas gênée d'avoir les pieds dans ses déchets. Ou alors ce serait la vraie noblesse de ne pas tricher ?

Et elles sont devant « Pelle e borse ».

Gabriella ne peut s'empêcher de regarder le coin du soubassement en pierre où Demetria a perdu la vie. Bien sûr les intempéries ont lavé toute trace. Elles entrent dans la boutique pleine de vêtements, robes, gilets, d'accessoires et de sacs en cuir dont l'odeur emplit la pièce. Une vendeuse, petite et bien en chair, cheveux noirs aux épaules, dos à la via del Corso, finit d'arranger une vitrine de porte-monnaie. Caroline dit juste :

— Buena sera Gigliola...

La vendeuse, bien mise, l'élégance romaine de bon ton dans une robe en cuir fauve, se retourne d'un mouvement vif et vient prendre Caroline dans ses bras, l'étourdit de paroles à quoi Gabriella ne comprend rien. Et puis Gigliola s'aperçoit qu'elle est là et vient la saluer pendant que Caroline la présente en italien. Gabriella sourit, remercie et, tout à trac, avec un doute sur ses dons de linguiste, sort son italien appris ce matin dans son manuel, rassemble des bouts de phrases toutes faites :

— Cos'è successo qui, Gigliola, un anno fa ? [9]

Caroline et Gigliola s'écarquillent, Gabriella parlerait italien ? Et vite Gabriella avoue que non, c'est de la frime de guide de vacances. Caroline doit traduire le reste. D'abord les excuses de Gabriella pour être si abrupte. Et la réponse de Gigliola :

— Qui ? La luce del mondo se e spenta, fino a sempre...

Ici la lumière du monde s'est éteinte, pour toujours... Et puis la question de Gabriella, si elle peut appeler

Gigliola par son drôle de prénom. Caroline en rit presque :

— Les parents de Gigliola étaient fous d'une jeune chanteuse, Gigliola Cinquetti dont le tube était *Non ho l'eta per uscire sola con te*... Pas l'âge pour sortir seule avec toi... Et elle n'est sortie qu'avec un seul garçon qu'elle a épousé. La boutique est à eux.

Gigliola a compris et sourit à Gabriella. Mais vite, quand elle raconte la tragédie, qu'elles n'ont rien vu, occupées à choisir un gilet, ou une robe, du moulant et du séduisant, à admirer les achats de lingerie coquine effectués par Caroline, tout ça pour retenir son monsieur, elle se souvient bien, il s'est fait ce fracas, dehors, juste là, et, et, et... Et elles laissent venir les larmes... Ambulance, polizia stradale, criminale[10]...

Gabriella continue à creuser. Témoins, concordance de certains témoignages, traces sur le corps de la petite, est-ce qu'on a interrogé les garages du coin qui auraient pu intervenir en vitesse sur un pare-choc tordu, voir des fils de la robe rose de Demetria sur un bout de carrosserie ?

Caroline sort son téléphone, presse une touche :

— Ispettore Barberini ? Caroline parla ...

Et le reste est en italien. Quand Caroline raccroche, elle a un sourire de rien pour Gigliola et Gabriella :

— L'ispettore Barberini est à la questure, à peine plus haut que la fontana di Trevi. Il arrive. Il veut te voir, Gabriella...

Gigliola qui a compris propose :

— Caffè ? Ristretto ?

Elle le prépare et toutes trois sirotent à petites lampées leur café minuscule, riquiqui et brûlant. Gabriella ne s'y habituera jamais. Elle refuse un second café au grand type dégingandé dans la petite soixantaine, maigre, visage mince de mal nourri, large tonsure de vieux moine, en pantalon de toile bleue et blazer à boutons dorés. Il serre la main de Gigliola et de Caroline puis vient saisir celle de Gabriella qu'il regarde dans ses yeux verts. Caroline la présente comme une amie française en séjour à Rome et comme Barberini a l'air de douter, on lui cache des choses il n'est pas dupe, et sourit tout doux, Caroline lui demande :

— Altre notizie ? [11]

Il secoue la tête. Caroline traduit toujours. Possible mais il ne peut pas en parler. La clé se trouve peut-être dans ce morceau de robe qui manque, emporté par la voiture du chauffard. Il en est sûr. Mais le préfet a refusé de rouvrir l'enquête sur ce détail mille fois explicable. Un chiffon emporté par le piétinement de la foule, ou emporté par la voiture et tombé sur le bitume quelques centaines de mètres plus loin... Barberini a suivi l'ordre de refermer le dossier et d'aller présenter ses condoléances à la mère endeuillée. Bien, mais lui, Barberini, en dehors de ses heures de service, ira jusqu'au bout de la piste. Pas pour rien qu'il porte le nom du pape qui a forcé Galilée à abjurer ses histoires d'héliocentrisme...

Et pour les trois femmes, il reprend point par point le déroulement de son enquête, les nombreux témoins déjà interrogés, l'étude de ces récits brefs ou sans fin qu'il compte encore recommencer bientôt, avec espoir de réunir un échantillon représentatif, plus resserré... Et retourner leur poser des questions, faire surgir de nouveaux souvenirs. Les trois femmes écoutent. Caroline traduit. Gabriella propose d'aider Barberini. Qui a un instant d'hésitation puis tend la main à Gabriella. OK. Mais c'est lui qui décide quels témoignages il faut revoir, à moins qu'elle ne trouve de nouveaux liens. Pour rencontrer les témoins choisis il va lui fabriquer une sorte de Pass bidon à en tête de la crim. Elle n'aurait pas une carte qui pourrait faire flic ?

Gabriella exhibe la carte de l'amicale du bistrot-restau parisien, la Sainte-Scolasse, fréquenté avec son second père adoptif, Le Poulpe. C'est un canular mis en place par Julie et Juliette, le petit couple de lesbiennes qui a repris l'établissement : une fausse carte de police barrée de bleu blanc rouge. Exécutée à distance par Mario, son frère de prison, resté en Bolivie et as de l'ordi. Parfait ! Presqu'autant que le potschevleesh maison dont le souvenir, rien qu'à penser au nom, ferait saliver Gabriella. Et Caroline finit de traduire : elle passera pour la traductrice auprès des témoins... Gabriella ne peut s'empêcher de penser que cet inspecteur fait beaucoup de bruit, remue de l'air, pour se donner bonne conscience.

Au moment de quitter la boutique, Barberini échange son numéro de téléphone avec Gabriella. Ils communiqueront par SMS et Caroline traduira si nécessaire. Serait pas mal de glisser le mot « Interpol » dans les échanges à bâtons rompus avec les témoins... Puis, avec tendresse, l'ispettore effleure le tatouage de Caroline, et, tout bas :

— Vivrà sempre, la tua filia[12]...

Alors Gabriella ne doute plus : cet homme éprouve, à sa façon, la douleur de Caroline.

Ensuite elles prennent le chemin de la via degli Specchi jusqu'à chez elles. Caroline doit se préparer pour prendre son poste à la Carbonara. D'abord le corso Vittorio Emanuele un moment à se frayer un passage au milieu des groupes de Romains qui attendent aux arrêts de bus, et elles arrivent, en nage, ouf, à gauche à la Zona Argentina. Un chaos de ruines antiques, rectangulaire, et un royaume de dizaines de chats nourris par les riverains, très en contrebas des rues. Caroline pointe du doigt deux marches qui émergent à peine, en biais, du fatras de pierres.

— César a été assassiné là par Brutus. Pas, comme on le prétend parce c'est un argument de visite, dans la curie des forums, celle qui est encore debout, où se réunissait le sénat... Peu de gens le savent... « Tu quoque mi fili », toi aussi mon fils... Ses dernier mots !

Gabriella fait ha, enregistre, elle va bien pouvoir moucher un cuistre sur ce point. Tu... quoique... Pas important... Et le voilà son premier monument antique vu de ses yeux vu !

Et elles sont sur leur palier. Caroline ouvre sa porte. On se voit tout à l'heure ?

— Non. Demain à déjeuner. Ce soir j'ai rendez-vous avec Massimo. Tu le connais mieux que moi, l'avocat d'hier...? Il va me montrer Rome by night...

— Toi ne lui montre pas trop de toi. C'est un habitué, il vient manger presque tous les jours, mais des types avec trop de bijoux le rejoignent parfois et là il ne sourit plus même si passe une jolie femme...

Une hésitation. Elle ajoute, presque timide :

— Je crois qu'il m'aime bien...

Gabriella a entendu mais par la porte ouverte elle ne peut pas rater la petite robe déchirée, épinglée sur le mur du living de Caroline.

— Elle devait être très belle ta Demetria dans cette robe magnifique...

En même temps qu'elle le dit elle regrette de raviver la douleur. Mais Caroline répond tout uniment :

— Du tulle arc en ciel. On devait fêter les quatre ans de Demetria le lendemain, jour béni de Ferragosto.

Et elle rentre dans son appartement, à demain, passe une bonne soirée.

Toute la fin d'après-midi, Gabriella potasse, les lieux à ne pas manquer, le verbe être au présent de l'indicatif, essere, sono, sei... Et les expressions qui peuvent servir pour interroger des témoins. Cosa ha veduto, signorina, signora, signore...? [13]

Vers 19h30 elle est sur son trente et un, petite robe portefeuille rouge, chic et pas trop échancrée, mais Gabriella ne va quand même pas s'habiller d'un sac.

Plus tard, parfumée, maquillée, elle sort dans la lumière dorée d'un jour pas loin d'inviter la nuit. Flâne Piazza Navona couverte de gens, touristes du monde entier et Italiens en vacances romaines regroupés autour de multiples bateleurs. Gabriella pense à *La strada*, le film de machin là, ha, elle oublie toujours son nom, film qu'elle a vu mille fois parce que son père adoptif, Gabriel, Le Poulpe, l'adore. Avec Quinn en hercule de foire et le sourire de la petite handicapée. Sans compter que ces dames de la Sainte-Scolasse branchent leur télé sur la chaîne *Ciné classic*. Toute sa culture.

Elle s'arrête juste avant la piazza Minerva grignoter une pizza en terrasse. D'où elle est, presque face au Panthéon, elle peut voir, à l'opposé, passée la fontaine, Massimo s'installer et commander du vin... Elle le rejoindra à vingt et une heures tapantes, pas avant. Même si elle en crève d'envie. Et ce panthéon, faudra trouver le temps de le visiter...

Quand elle s'arrête contre sa table dans un buena sera presque tendre, Massimo, costume de lin blanc, dépeignage savant, vient juste de commander un second verre de Nero d'Avola. Alors Gabriella ajoute pour le serveur :

— Anche per me... [14]

Et elle s'assied, les yeux bien dans les yeux de Massimo qui rit :

– L'italien en une journée...! Vous avez le don des langues ou juste soif ?

Et puis ils papotent, se guettent, Gabriella mesure son maigre italien, se sent piteuse. Et leurs verres sont vides. Gabriella a une requête : elle voudrait entrer à l'Excelsior, en haut de la via Veneto. Après elle le suivra dans tous les bouges qu'il choisira. D'accord. Ils se mettent en route, à pied. Gabriella est tout juste plus petite que Massimo. La fameuse via Veneto est à peine plus loin que la Fontana di Trevi et la soirée est encore neuve... En chemin mine de rien, Massimo attrape au vol la main de Gabriella. Elle marque un temps d'arrêt, fait tsss entre ses dents, et on continue main dans la main, comme des que le pape viendrait de bénir, Gabriella le pense et en rit toute seule.

Ils remontent la via Veneto sur le trottoir de droite, pas celui où sont les night-clubs et les bars, jusqu'à l'Excelsior, sorte de proue architecturale, fière et luxueuse au coin de Brasile et de la via Veneto.

Passé le bref circuit semi-circulaire où des voitures déposent à l'instant leurs passagers, un portier leur manœuvre une énorme porte à tambour où ils s'entassent avec une assemblée joyeuse en smoking, robe du soir, parfum et tout pour être à son avantage. Massimo sourit à ces gens, Gabriella se sent moche et puis quoi, non elle n'est pas moche, juste libre de plaire dans la tenue qu'elle a choisie. Alors elle se serre contre un jeune homme avec un « Scusami »[15] de cocotte. Ils débarquent dans le hall immense, aux boiseries anciennes, avec l'escalier vers les chambres à gauche, son concierge, uniforme rubis et casquette en face, et le personnel de la réception à droite. On doit fêter quelque chose parce que ça boit, ça avale des amuse-gueule, ça rigole jusque dans l'immense salle de banquets sillonnée par des serveuses et leurs plateaux de boissons, directement accessible depuis le hall d'entrée. L'assistance est variée. Des calamistrés, des types de tous âges et au tour de taille souvent sérieux, des sosies de Rudolph Valentino, et des femmes en satin aux cheveux platine, bruns, des Marilyn et des mystérieuses Greta, âgées et ridées ou fraîchement écloses... Et en tenue sans mystère, des Escort girls en chasse, au regard de Gorgones pour Gabriella, curieuses et sur leurs gardes devant une concurrence inconnue.

Gabriella et Massimo contemplent quelques instants toute cette joie, mais ne s'y mêlent pas, prêts à rebrousser chemin maintenant que Gabriella a vu le faste des lieux. Elle a aussi remarqué que Massimo saluait de la tête très discrètement certains hommes en tenue de gala. Ils se retournent pour partir et sont devant un homme de bonne taille, bien mis, qui leur ouvre les bras, souriant, et dit une phrase que Gabriella ne comprend pas mais dont elle identifie l'accent tout de suite et ne peut s'empêcher :

— Vous, vous êtes Belge !

Il la regarde, zyeux bleus plissés de plaisir :

— De Tournai ! Mais bravo !

Et il se penche pour un baise-main :

— Roger Dekeyser, directeur des lieux...

Et sans autre forme de procès, il les attrape chacun par un bras, les entraîne dans la foule :

— Vous ne pouviez pas rater le mariage de Don Francesco avec Tina Sabatti...

La suite était prévisible. Gabriella a salué Dekeyser de la part de Caroline. Il en a été presque ému, a pris des nouvelles. Et puis elle a dû s'évertuer, flûte en main, à décourager des à moitié ivrognés de tous âges qui la croyaient seule. Sa défense va du « Non parlo italiano », au coup de coude au plexus avec champagne renversé sur le plastron du monsieur. En même temps elle surveillait le petit manège de Massimo. Il a commencé par aller embrasser le couple de mariés, nippés façon Hollywood. Elle a vu le selfie du trio ensuite, où il grimace un rien, et guetté ses conciliabules à voix basse au bout du buffet le plus éloigné, les petits signes de reconnaissance à des potentats endimanchés pour qu'ils jouent la surprise de le croiser là et s'isolent un court moment avec lui. Jusqu'à ce qu'il lui attrape la taille et qu'ils sortent :

— Andiamo ![16]

Elle s'est dégagée de l'étreinte de Massimo. Pas mécontente toutefois du petit frisson venu de cette main sur sa hanche. Et ils redescendent la via Veneto, côté établissements de nuit cette fois. Jusqu'à un bar avec une sorte de pergola sur le trottoir où sont suspendues des guitares légendaires. Ils s'installent sous un instrument rare dont Gabriella se fout malgré le dithyrambe de Massimo. Un instrument ayant appartenu à Paul McCartney, à Bob Dylan...? On s'en fout. Massimo a sorti d'un étui un cigare Toscano, un truc à vous ramoner à fond. Gabriella attend qu'il l'ait allumé et le lui vole :

— J'aime les émotions fortes...

Ils commandent du « rum », comme inscrit sur la carte, de l'« Appleton Estate » millésimé, à un prix... Et Massimo se livre. Gabriella devine qu'il dresse un paravent, qu'il lui offre une partie de sa face sombre, la surface, pour occulter le plus noir. Il dit son parcours, Capaccio, ses études à Agropoli puis Naples, ses envies de Rome et les mécènes qui lui ont permis d'y venir, dont des amis du propriétaire des terres cultivées par son père. Il dit la vraie mozzarella faite avec le lait de buffale, ces vaches aux pieds palmés qui peuvent vivre dans un marais. Il dit aussi l'importance de la Mafia, la Camorra napolitaine, qui fabrique la mozza avec du lait de vache et même du lait en poudre. Sinon, il n'y aurait même pas de quoi alimenter Naples pendant un mois (?). Alors tout caseificcio [17] traite avec la Camorrra. Gabriella écoute, fait l'épatée mais, comme d'habitude quand elle est censée se livrer, ne dit rien d'elle sinon qu'à vingt-quatre ans elle n'a rien vécu d'important, sauf ses origines carcérales... Donc son silence n'est pas offensant, juste humble, laisse croire à du terrifiant qu'on n'a pas envie d'entendre. Et elle pense que plus elle se taira moins on aura prise sur elle. Parce qu'aussi, en vrai, elle a trop vu d'horreurs qu'elle doit taire, pour en être blasée. Au contraire, elle est de plus en plus touchée par l'inhumanité. Par la mort de Demetria.

Alors pour supporter la fureur qui vient, à l'idée de la petite morte dans sa robe d'anniversaire, elle fait son intéressante :

— Tu sais où César a été assassiné, pour du vrai ?

— Sur les marches de la curie de Pompée, dans la zona della Torre Argentina.

— Et il a dit « Qui, quoi que... » parce qu'il mourait déjà...

Massimo éclate de rire :

— Il a dit « Kai su teknon » en grec, et pas « tu quoque mi fili » en latin [18].

Gabriella hâte le pas, un peu mortifiée...

Il est deux heures quand ils débouchent sur la piazza Barberini. Gabriella lit le nom pas remarqué à l'aller sur la bouche de métro et y voit comme un clin d'œil. Massimo prévient qu'il sera pris les trois prochains jours pas des audiences, des visites en prison, des préparations de dossiers... Il dormira peu. Mais après il sera disponible aux caprices de Gabriella et il ouvre la portière passager d'un magnifique coupé rouge garé là, bombe le torse, comme tout Italien devant une belle auto :

— Maserati Quattroporte de 1999. Moteur V8... Je savais qu'on aurait moins de courage dans les jambes en fin de soirée...

Via degli Specchi Gabriella, un peu dépitée de ne pas avoir eu à repousser un baiser de Massimo, trouve un mot de Caroline glissé sous sa porte. Barberini lui a fait porter, tard ce soir, après son service, les conclusions d'autopsie et le dossier énorme des témoignages. Réunion demain après déjeuner, pour un premier point. Caroline sera chez Gabriella à huit heures pour traduire les documents. Avec du café. L'ispettore relance donc l'enquête pour de vrai sans perdre une seconde. Voilà pourquoi la piazza Barberini, comme une prédiction.

Deux minutes après Gabriella dort toute habillée.

Jour 3. Dimanche

Gabriella est réveillée à la fois par un soleil bas entre les rideaux restés ouverts cette nuit, en plein zyeux et par le petit ding dong de la porte. Elle se lève, regarde sa montre : sept heures ! Caroline avait dit huit ! Pourtant c'est bien elle sur le bref palier, en survêtement, tennis, thermos au poing et la porte de son appartement ouverte derrière elle, et la pauvre robe de fillette écharpée, épinglée au mur, là-bas, comme une relique de martyr, un petit suaire. Caroline fait une grimace d'excuse :

— Je sais on avait dit huit heures, mais tu vas voir le paquet de témoignages à relire... On ne finira pas aujourd'hui. Barberini devra l'accepter... Ah, Barberini ne pouvait pas emporter des originaux, donc ce sont des photocopies, on peut gribouiller dessus...

Elle regarde Gabriella, sur son trente et un tout chiffonné, son mascara à la dérive :

— Douche-toi vite fait, habille-toi, j'apporte les dossiers et des tasses. Café avant ou après ?

— Après.

Et elle allume son petit transistor pendant que Caroline va officier chez elle. Toujours sa station radio avec des chansons pas neuves, nostalgiques comme d'anciennes photos :

— « ... Ladri di stelle del jazz, cosi eravamo noi, le donne odiavano jazz... » [19]

Toujours ce chanteur que Caroline supporte mal. Depuis la salle de bains Gabriella entend qu'elle lui coupe le sifflet.

Trois minutes plus tard Gabriella revient, en jean et T-shirt noir, pieds nus. Caroline s'est installée à la table, dos au soleil qui chauffe déjà la pièce, devant deux piles de dossiers numérotés, un paquet de feuilles vierges et deux stylos. Elle sert une sorte de ristretto à chacune et :

— Pardon pour la musique mais Paolo Conte, Diogenes en était fou. Alors moi tu comprends...

Un soupir et elle montre la paperasse entassée. Gabriella a juste plissé les yeux, Paolo machin, c'est non, quelle importance ?

— Il y en a soixante-deux. Au jugé parce que j'ai pas encore eu le temps de lire, des courts et des très longs. On s'y met ? A onze heures et demie, faudra que j'aille bosser à la Carbo... Barberini vient manger, avec toi si tu veux, on attend la fin du service et on voit ensemble ce qu'on a, les pistes à fouillasser. On met en commun nos observations, on y réfléchit et on fixe un plan d'enquête en lien avec Barberini. Ça ira comme ça ?

Gabriella fait oui de la tête, s'assied face à Caroline. Et pose un doigt sur le premier dossier, numéro un :

— OK, bien vu, on va en lire 31 chacune. On finira quand on pourra. Mais je te propose une méthode de lecture... L'idée est de trouver des témoignages qui se recoupent sur certains points, qu'on ait une vision plus précise de cette seconde où les choses basculent. Alors on va faire des colonnes sur des feuilles avec une entrée par colonne, les mêmes pour toi et moi. Par exemple le type de véhicule qui a heurté Démétria... Voiture, scooter, vélo... Aucun véhicule, on l'a poussée. Si le dossier 35 parle de voiture tu notes trente-cinq... Vu ?

Caroline fait oui de la tête, écrit déjà le titre de cette première colonne. Gabriella, griffonne aussi, continue :

— Comportement de Démétria... Elle marchait, courait, sur le trottoir, la chaussée... Rubrique suivante :

est-ce qu'on a fauché Démétria volontairement ou est-ce un accident ? Demetria a-t-elle été imprudente ? Ensuite : le témoin est-il un homme ou une femme ? Sa profession ? Ses origines : Romain, Italien provincial, touriste...? Et puis, important : le lambeau de robe arraché... Est-ce que quelqu'un l'a vu emporté par le pare-chocs d'une voiture, au flanc d'une vespa, ramassé par quelqu'un qui file vite avec son souvenir sordide dans la poche... Et quand on fera le bilan ou décidera qui retourner interroger à domicile sur les points où ces témoins se rejoignent. Tout à l'heure on exposera notre façon de faire à Barberini. M'étonnerait qu'il y trouve à redire. L'enquête de police aurait dû faire ce boulot... On s'y met ?

Caroline fait oui de la tête, attrape le dossier trente-deux, l'ouvre... Gabriella est déjà dans la lecture du un. Fronce les sourcils : de Dieu, elle avait oublié que ces transcriptions étaient en italien...!

Et, de café en café jusqu'à vider le thermos, elles lisent, notent, Gabriella demande sans cesse à Caroline de traduire une phrase du document sur lequel elle transpire, s'obstine, butée, non elle y arrivera à comprendre cette nom de Dieu de déposition, jusqu'à ce que Caroline, qui a relu pas mal de feuillets et même pas grimacé chaque fois que Gabriella criait à l'aide, jusqu'à ce qu'elle regarde sa montre, se lève :

— Onze heures déjà... Faut que je me change avant de dresser les tables de terrasse à la Carbo...

— Tu te balades en tenue de soubrette ?

Caroline, rassemble ses feuillets, les glisse à portée de Gabriella :

— Mes fringues de serveuse sont au vestiaire du restau... Je vais remettre ma robe d'hier pour y aller... Après elle sera bonne pour le pressing...

Gabriella, se redresse, les mains à plat sur la transcription qu'elle épluche, regarde Caroline :

— Ta robe pousse au crime ?

— Ma robe de combat. Quand je traverse le Campo dei Fiori en plein marché, elle provoque le regard et le désir muet des hommes. Et me permet de me refuser sans dommages si jamais ils font des tentatives timides, bella ragazza et le reste. Mon corps a été trop amoureux, mon cœur aussi. Tout ça est vide désormais...

— Et le viol possible tu y penses ?

Caroline est déjà à la porte :

— Aucun risque. De près, même les nichons presque à l'air, même mon saint frusquin à peine caché sous des transparences, de près je fais peur... Parlons sérieux : tu viens grignoter vite fait à la Carbo vers 14h30. Barberini, on peut compter sur son appétit, sa manie de jamais être en retard même pour manger, Barberini n'aura sûrement pas fini son repas. Moi je débauche après 15h et dès que je suis libre on fait le point tous les trois...

Elle va sortir, se retourne :

— Tu apportes mes notes, ou je les prends tout de suite avec moi ?

— Je les apporte après les voir lues, au moins en partie, voir si une idée vient, avec les miennes... Mais ce sera maigre : suivant notre questionnement j'ai à peine décortiqué même pas deux dossiers ! Because cette foutue langue macaroni... Même si j'adore les macaronis. Et j'ai pas remarqué lourd qui m'attire l'œil...

— Moi pareil. On n'est pas au bout... On mettra le temps pour... N'hésite pas à me demander de traduire les phrases importantes, au moins à première vue... En plus chaque page me rappelle ma petite morte. Alors, il me faut aussi essayer de ne pas pleurer...

Et elle entre déjà dans son propre appartement, devant le suaire de Demetria.

Plus tard, Gabriella a cherché dans son dico et inscrit sous chaque titre de ses rubriques de lecture de quoi traduire les lignes qu'elles suivent pour chercher des coïncidences dans les soixante-deux témoignages. Pour alimenter un semblant de conversation dans l'attente de Caroline. Qu'au moins Barberini comprenne en gros le système... Parce que son français... Oui bon, c'est déjà ça, parce que saisir ce que dit en italien ce foutu témoin numéro deux...!

Puis elle relit en parallèle les annotations de Caroline et les siennes, le peu qu'elle a saisi, et s'énerve parce qu'est seulement indiquée la numérotation des témoignages. Déjà qu'elle a oublié pourquoi elle a remarqué un détail, même pas sûre de sa signification, nom de Dieu d'italien, dans le dossier ouvert devant elle, alors les chiffres griffonnés par Caroline...!

A quatorze heures et des poussières elle met tout le bazar déjà passé au crible, et les feuillets de décryptage dans un sac poubelle trouvé sous le lavabo dans la salle de bains et, sans se changer, juste des lunettes noires, avanti popolo !

Sur la terrasse de la Carbonara il fait sacrément chaud. Pourtant Barberini déguste sans un poil de transpiration une portion de tarte au jambon de Parme avec du rouge pour faire passer. Il est toujours mince et élégant dans son pantalon de toile, écru cette fois, et son blazer de tambour-major-ispettore. Lunettes noires comme Gabriella. Il lui fait signe de s'asseoir à sa table. A l'écart, loin des oreilles. On échange des buona sera et des formules obscures pour chacun et Caroline accourt :

— Je te sers un vitello tonnato comme à l'ispettore ? Du veau au thon... Il l'a trouvé bon...

— Allons-y pour ce festin ! Avec du rouge aussi...

Caroline file en cuisine faire exécuter la commande. Barberini finit sa tarte, boit un doigt de vin, croise les mains sur la table et regarde Gabriella en silence derrière ses lunettes. Gabriella l'imite une minute puis, soudain se décide, sort les documents qu'elle a apportés, les tourne vers Barberini, qu'il puisse lire :

— Voilà les... linee di lettura per trovare coincidenze tra le testimonianze...[20]

Et, le temps que Caroline apporte son plat, elle énumère les points de coïncidence qu'elles recherchent. Si la coïncidence regroupe pas mal de témoignages on peut s'appuyer dessus pour l'enquête, non ? Si molte testimonianze...[21]

— Vettura o vespa ? Dov'era Demetria ? Sulla carrezziata o sul marciapiede ? Per ogni testimone : chi è questo uomo, questa donna in realta ? Quale mestiere ? E sopratutto : se qualcuno a veduto, o raccogliato, un brandello del vestito della piccola. Un tessuto di colore arcobaleno...[22]

Barberini se penche sur les feuillets, sort un carnet, y gribouille sans se presser. Gabriella avale trois bouchées, repousse presque son assiette et puis non, la finit en moins de deux, qu'est-ce qu'il est bon ce veau... Elle fait aussi un sort au fond de sa carafe de rouge.

Là son téléphone sonne. Massimo. Elle refuse l'appel. Oh pas de gaieté de cœur ! Le Massimo elle en a envie, oui, faut bien se l'avouer, mais elle ira au bout de l'aventure quand elle le décidera, elle. Même si elle devine faire traîner cette aventure sans lendemain à cause du sentiment vrai en train de grandir entre ce foutu avocat belle gueule et Caroline.

Et Caroline arrive, déjà en civil, dans sa tenue sexy, crie qu'une aide en salle vienne débarrasser la table et s'assied. Maintenant elle peut traduire plus précisément et expliquer à Barberini leur démarche. Il hoche la tête, il a bien compris.

Bravo pour les progrès en italien de Gabriella qui rougit presque du compliment, pense à son impuissance face aux dossiers numéro un et deux, et bravo pour cette façon de respecter, d'améliorer aussi la méthode suggérée par lui quand ils ont fait connaissance à « Pelle e borse » pour passer au crible les témoignages et approcher ce qui aurait pu être un témoignage solitaire, indiscutable... Bien délimiter les questions essentielles, les nommer, et s'y tenir... Pour l'instant il faut qu'elles terminent l'examen de tout ce qui a été enregistré par la Police, en faire un bilan et, une fois les témoignages vagues, les délires, évacués, revoir en face, chez eux, comme prévu, les témoins dont les observations sont proches les unes des autres, observer leurs réactions. Il y a des chances pour que la vérité se trouve parmi ce qu'ils ont dit avoir vu. Peut-être même le coupable, celui qui a bousculé Demetria, est parmi eux. Lui a commencé sa tournée des garages qui auraient pu redresser le pare-chocs de l'éventuelle voiture meurtrière, trouver ce lambeau de tissu peut-être... Il privilégie cette piste depuis le début... Bon maintenant il les laisse poursuivre leurs recherches, on s'appelle quand on peut tirer des premières conclusions. Et au revoir mesdames, en deux enjambées il est déjà hors terrasse, en plein soleil, parmi le marché qui meurt. Caroline propose une grappa, à Gabriella. Mais non Gabriella veut du rhum comme l'autre soir. Caroline dit OK, je vais retrouver lequel, et puis :

— C'était la boisson favorite de Diogenes, je te l'ai dit.

Drôle que t'aimes aussi... Il avait découvert depuis longtemps les meilleurs, millésimes, au bar Baccano, pas loin de la Fontana Di Trevi.

Caroline finit en trois mots chuchotés :

Il y avait fait engager Caroline comme serveuse dans la partie restaurant après ce club où l'avait expédiée le directeur de l'Excelsior. Elle a commencé pile quinze jours avant qu'il foute le camp et n'a pas tenu le coup longtemps. Un petit mois...? Peut-être même pas... Trop de souvenirs en si peu de temps pour rester...

Elle soupire, se lève :

— Je vais piquer la bouteille, qu'on ne meure pas de soif cet aprèm, et on file se remettre au boulot... Ah, mon patron a accepté que je prenne dix jours sur mes congés. Comme ça on pourra aller voir tranquilles les témoins intéressants quand on les aura localisés...

Gabriella sourit :

— Tu as raison. Le rhum va nous aider...

Avant de quitter la Carbonara, elle constate qu'elle a reçu un message, l'écoute. Massimo bien sûr. Il a pu se libérer, est ce qu'on se voit ce soir même lieu même heure, près du Panthéon ? Gabriella répond non, elle a prévu autre chose. Ciao... Et raccroche. Caroline a un sourire un rien jaune, en coin :

— Message de Massimo, hein ? Je le connais par cœur, il te lâchera pas tant que...

— Oui ben non. Il va apprendre ma liberté. Tu as eu une aventure avec lui ?

— Il veille sur moi. Alors...

Après, quand elles traversent les ruines du marché, Caroline, sa bouteille à la main, tentante en diable, les commerçants occupés à finir de démonter les étals, de remballer, la sifflent et l'interpellent, et elle, rien à faire de dévoiler sa lingerie minuscule à chaque pas, Gabriella se contente de stopper net, de baisser ses lunettes, de regarder droit les plus hardis en commentaires qu'elle ne comprend pas mais elle sait, ils parlent du cul de Caroline, de sa poitrine. Mais entre eux, sans élever la voix, presque avec respect. Après ils grommellent et se remettent à ranger leurs marchandises, cageots de fruits, du poisson, de la viande dans des camionnettes réfrigérées, vêtements à bas prix et ustensiles de cuisine.

Dans le quart d'heure elles sont de nouveau attablées chez Gabriella, clim en marche, devant les piles de documents, des feuillets vierges pour leurs notes respectives, un verre de rhum, et se mettent au travail. L'une dossier 2, l'autre dossier 70. Et Gabriella, toujours butée-bornée, refuse toujours de lire chaque dossier en même temps que Caroline le traduirait, et de juste suggérer d'en inscrire peut-être le numéro sous tel ou tel titre de leur grille de lecture.

Elles lisent ainsi, dans le jour obstiné et le bruissement des feuillets, presque sans un mot. Sauf Caroline à demander l'avis de l'autre sur un classement : dans les témoins qui n'ont pas vu de lambeau de robe ou parmi ceux persuadés d'un choc volontaire ? Réflexion, décision de maintenir la double mention, on fera les comptes à la fin. Un détail qui attire l'attention de Caroline et Gabriella ? Non... Non. Sauf : tu as vérifié si personne ne mentionne le lambeau de robe, ni emporté par une auto, un scooter, une moto, ni ramassé par un zèbre de passage, aux goûts sordides ? Oui ? Alors commence à rédiger un bilan sommaire, de toutes façons faudra en faire un au propre à la fin, souligne ce point...

Elles cessent de lire, scruter, noter, revenir en arrière, grignoter leur stylo, à la moitié de leur tas. Elles s'étirent, soufflent, regardent leurs montres. De Dieu, déjà cette heure-là ! On va se faire trois pâtes au pesto et basta cosi, non ? Si. Leur reste en gros, à Caroline, une quinzaine de dépositions à examiner, et à Gabriella tout son tas or les seules dépositions où elle ne comprend pas lourd bien qu'elle se soit obstinée à les lire, relire, en italien, s'est perdue dans son dico à pas saisir les conjugaisons, pas pouvoir remonter aux verbes, ne serait-ce qu'essere, être. Et la bouteille de rhum est vide. Après on s'y remet, d'accord ?

Caroline s'est levée, prête à passer chez elle. Elle va y dresser deux couverts sur sa petite table. Elle se charge de tout puisqu'elle a un coin cuisine et surtout des réserves de Valpolicella, elle va déboucher une bouteille illico presto... Pour qui le Valpolicella ? Massimo ? Ben... Des fois... Le dimanche soir je suis libre, il vient m'écouter raconter Demetria, radoter, pleurer sans larmes. Seulement écouter ?

— Oui. Seulement écouter.

La voix de Massimo l'a précédé avant qu'il quitte la pénombre du vestibule, le cheveu n'importe comment, complet de lin marine, juste pour être encore plus séduisant, et vienne poser un bisou sur la joue de Caroline, toujours ses dentelles en désordre et puis...? Elle rend le bisou, et dans cet instant on sait leur simple affection partagée. Gabriella ne s'y trompe pas et avec son habitude des pieds dans le plat, Caroline a déjà disparu dans sa cuisine, elle se lève, poings aux hanches, toise Massimo et son sourire de salon :

— Qui t'a permis de venir ici ? Tu peux venir pour Caroline, moi, tu attends mon autorisation...T'as pas compris que je voulais avoir la paix pendant trois jours ? J'aurais pas dû te laisser me raccompagner l'autre soir... Maintenant tu sais où me trouver...

Elle laisse mourir sa voix, baisse le regard, grommelle :

– En même temps tu avais fait le rapport avec l'adresse de Caroline...

Elle sent à peine les lèvres de Massimo et quand elle relève les yeux, il est penché sur son tas de dépositions, sur les seules qu'elle ait abordées et les autres même pas touchées, et sur les annotations riquiqui par rubriques. Gabriella le laisse faire, quand même pas loin de le baffer, non mais de quel droit...? Pourtant elle vient à son côté quand il prend ses notes, ses points d'interrogation, ses mots traduits à peu près, regarde le dico posé là, son maigre griffonnis, les mots traduits devant un numéro de déposition, macchina-voiture, le chiffre 1, le seul parcouru à fond et noté dans deux ou trois rubriques. Et puis il jette un œil sur les dix dossiers épluchés par Caroline, ses notes abondantes dans l'ensemble des axes d'examen. Il n'est pas idiot, il a compris le système de relecture :

– Je parie que Caroline fait des pâtes... On les avale et je me joins à vous. Il faut trouver des coïncidences entre les témoignages en nombre suffisant pour considérer qu'ils ont vu la vérité sur cet élément. J'ai bon ? Tu te tais donc c'est oui. J'offre mon œil neuf... Du temps aussi... Et je peux jouer les traducteurs en amateur... Si toutefois j'ai bien saisi votre méthode...? Oui ? Alors viens, les pâtes c'est vite cuit...

Un léger temps :

– ... Et le Valpo n'attend pas...

En deux pas il est chez Caroline. Qui a rajouté un couvert, malgré l'espace étroit, les assiettes qui se touchent presque. Gabriella n'en revient pas d'être aussi loin de la fâcherie, de supporter la désinvolture calme de ce gus, d'être presque séduite et de n'en avoir plus le droit. Elle passe aussi chez Caroline et, tout de suite, elle ne peut s'empêcher de rester en arrêt devant la pauvre relique, la robe déchirée épinglée au-dessus de la table dressée. Pendant que Caroline lui remplit déjà son assiette.

Quand ils quittent la minuscule table où ils ont avalé les pâtes, assis un peu de traviole, même pas possible de poser les coudes à côté de l'assiette, à la guerre comme à la guerre, par contre les cuisses qui se frôlent par manque de place qu'est-ce qu'ils y peuvent, quand ils ont essuyé un reste de pesto sur leurs lèvres, ils regagnent les documents dans l'appartement de Gabriella, les contemplent un instant avant de s'asseoir. Gabriella est sûre que la vérité sur la mort de Demetria est inscrite en travers de ces confidences disparates, de ces paroles où de simples passants ont cru avoir la vedette et ont menti pour faire les importants. Mais un mensonge en dit parfois autant qu'un fait avéré, elle l'a déjà constaté sur d'autres affaires. Et la véritable mémoire est souvent dans les oublis.

Caroline débouche une autre bouteille de Valpo, Massimo, veste jetée sur le dossier de sa chaise, et Gabriella, au coude à coude, sont déjà plongés dans les récits de cet après-midi de chien. Parce que ma chérie, ne fais pas semblant, tu comprends un mot ni ici ni là mais il resto rimane oscuro, no... ?[23] Et tu te ferais couper un bras plutôt que de t'avouer vaincue par des mots... Alors à deux on va gagner du temps... Et préserver ta fierté, tête de mule... On dit ça en français non ? Testardo, en italien...

Maintenant Massimo traduit donc à voix basse, le doigt sur les lignes dactylographiées, que Gabriella s'oriente dans le document. Ils manquent même de renverser leurs verres posés là où Caroline a pu, entre les feuillets entassés, étalés, les colonnes de chiffres, certains soulignés, sur des papiers qu'ils égarent maintenant que Massimo est venu brouiller le jeu, mélanger les territoires et juste sourire quand les filles grognent, lui disent de faire gaffe, de ne pas bousculer tout leur boulot, juste hocher la tête, faire celui qui vient de comprendre où est le trésor sur la carte d'une île perdue, qui m'aime me suive et tant pis pour les timorés. Une tête à claque pense Gabriella. Mais avec des yeux pleins de caresses.

Vers minuit, ils ont vidé une autre bouteille de Valpo et leurs yeux n'en peuvent plus. Caroline et Massimo ont mouliné à fond, traversé les dépositions avec des yeux laser. Alors Massimo, d'autorité, ramasse les copies, veut dresser un bilan provisoire, avant les sept ou huit dossiers encore à lire, rien que par les deux filles, demain matin. Possible qu'un détail modifie l'une ou l'autre des lignes de force dégagées par l'examen d'aujourd'hui. Il n'a pas le temps de commencer, Gabriella lui a confisqué son récapitulatif, se lève, s'écarte, un bras tendu, que Massimo ne tente pas de le reprendre, qu'il croise les mains sur sa nuque… Elle fait mmm, elle s'en doutait, c'était à parier, bien sûr… Et fière comme un garde champêtre au milieu d'une place publique, elle commence par accepter un Toscano de Massimo, le laisse lui allumer, puis passe une main dans ses boucles et annonce à voix de confidence :

— On s'en doutait : personne n'a vu le lambeau de tulle arraché à la robe de la petite. Là c'est unanime. En deuxième lieu beaucoup ne précisent pas mais bon nombre des témoins disent avoir vu courir Demetria sur le trottoir, pas du tout sur la chaussée, mais vers la chaussée. Certains ajoutent qu'elle agitait les bras. Une femme dit qu'elle criait. Ce serait donc bien, à mon avis, un acte volontaire, quelqu'un a voulu tuer avec l'espoir que le corso encombré ferait passer l'affaire pour un accident... Et un petit nombre, ceux qui ont eu peur de se faire renverser et ont eu le réflexe de s'écarter, un petit nombre se souvient d'une voiture noire. Mais peut-être que la peur les a embrouillés sur la couleur. Aucune précision de la marque. Ni du sexe du conducteur. Sauf de la part d'un homme qui remontait le corso, en sens inverse du flux de passants, vers la piazza del Popolo, affirme. Lui seul, sans en démordre, répète qu'une femme était au volant. A creuser... Lui on ira lui causer bien sûr... Voir pourquoi les flics ont négligé ça. Barberini le premier. La liste des autres à revisiter, on la boucle demain... Voilà tout ce qu'on peut dire ce soir... Sauf qu'on peut se demander pourquoi cette mort désormais doit être qualifiée de meurtre... Faut demander à Barberini ce qu'il en pense et où il en est de ses visites de garages...

Elle pose le feuillet sur une pile des témoignages relus et voit les larmes aux joues de Caroline, restée assise. Un feuillet tremble entre ses mains :

— Le rapport d'autopsie... Il était en dessous des dépositions. Il conclut que ma Demetria a été heurtée, juste au niveau de la taille, dans le dos. Sa colonne vertébrale a été sectionnée. Elle était déjà morte quand elle s'est fracassée contre la vitrine de la boutique... Une note précise qu'il est fort possible que l'aile ou le pare-chocs du véhicule agresseur aient été endommagés par la violence de l'impact... On peut presque écarter le scooter, ou alors un très puissant...

Massimo vient lui offrir son petit bisou, sans un mot, il sait les souffrances définitives, les chagrins éternels à affronter chez les proches de victimes de meurtre, d'accident, il en voit autant qu'il fréquente des meurtriers, des dealers qu'il fait remettre en liberté, dans son cabinet, au prétoire. Une caresse dans les cheveux de Caroline et il va remettre sa veste, tire Gabriella par le coude sur le palier :

— Demain midi je t'appelle. Tu me dis vos conclusions définitives. Et demain soir, non ne dis pas non, tu me dois un service : sans mon aide tu ne comprenais rien aux témoignages, demain soir, vingt et une heures, à l'Hostaria dell'Orso. Le plus vieux restaurant de Rome. Tu ne peux pas le rater... Il est juste devant le ponte Umberto, face au palais de justice où j'ai audience... Si je suis en retard annonce toi, j'ai déjà réservé. Tu sais que toute la belle société mondiale, milliardaires, chefs d'état, acteurs, a mangé là ? Toute la Dolce Vita... Et surtout la blonde Anita Ekberg... Tu seras l'Anita brune... Bonne nuit, à demain.

Un baiser volé au coin des lèvres et elle ne voit plus que son dos dans l'escalier et elle crie :

— Mais je suis Gabriella et ça me suffit !

Jour 4. Lundi

Le lendemain en fin de matinée, encore vaporeuses dans leur tenue de nuit légère, café sur café, des miettes de cornetti [24] négligés la veille par Caroline, un rien rassis, oubliées sur les dossiers, elles font le point. Presque rien n'a changé depuis cette nuit. La lecture à deux des quelques dépositions encore à sonder n'a rien donné de neuf, à peine confirmées des tendances déjà établies : le lambeau de tissu jamais mentionné, Demetria sur le trottoir... Peut-être l'impression que Demetria poursuivait quelque chose. Un chat ? Ou plutôt, comme à son habitude selon sa mère, elle s'était perdue à deux pas de la boutique et courait au hasard, appelait maman... Combien de fois, là-haut, dans son quartier, on la lui a ramenée, retrouvée par des voisins, dans leur quartier, à deux pas, après avoir été distraite par une fleur, un chien, un bébé rieur dans une poussette. Donc élément à manier avec précaution.

Et puis elles dressent la liste des témoins à visiter, ça on peut, sans trop risquer de se tromper, ceux dont les récits, les descriptions se croisent, se confortent. Possible que si longtemps après la tragédie ils aient la mémoire défaillante mais il est aussi possible qu'un détail leur soit revenu, ou un regret d'avoir déformé un fait juste pour se mettre un peu en avant. Au bout du compte on va commencer par aller sonner chez sept d'entre eux. Après on verra.

Et elles tombent dans les bras l'une de l'autre, on va y arriver, on va trouver ce salaud d'écraseur d'enfant.

D'abord douche, ensuite grignotis aux Tre Scaline, Gabriella invite, si, si, tu peux pas refuser… Après il faut contacter Barberini, convenir d'une réunion, voir ce qu'il tire de sa tournée des garages. Et non, ce soir, Gabriella n'est pas libre. Massimo ? Oui. Attention à l'amant de passage… Gabriella lève le menton :

— Tu me prends pour une gamine ? Il va me supplier à genoux de juste le regarder pleurer de désir…

Et elles explosent de rire. Caroline sans joie véritable, presque par politesse. Cet après-midi, tourisme pour Gabriella. La Fontana di Trevi. Possible qu'elle monte jusqu'à la villa Borghese, le fameux Pincio et tout et tout…

— Et tu rentres te faire belle. L'Hosteria dell'Orso, c'est quelque chose, t'y va pas en jean ou alors t'es Sophia Loren et tu compenses par le décolleté…

— Tu sais que j'ai dîné au Ritz, à Paris, en bottes de caoutchouc ? Alors ta cantine pour pêcheurs du dimanche au bord du Tibre…!

Caroline sourit à demi, allez on s'habille, elle a faim. Et il est déjà 15h.

Depuis les Tre Scaline, piazza Navona, après la pasta alle vongole, spaghettis aux palourdes, Caroline appelle Barberini. Il regarde son agenda, rendez-vous 11h demain. Il confirme sous peu par SMS. Là il va entrer chez son supérieur rendre compte d'une autre enquête qui pourrait impliquer un « uomo d'honore ». Qu'il va lui falloir interroger. Peut-être lui glisser un mot de notre affaire, essayer de savoir si l'Honorable Société a une part dans la tragédie, aurait utilisé la mort de Demetria comme moyen de punir Diogenes… C'est noté. Caroline porte ce matin, une robe presque sage, pas trop courte, décolletée parce que quand même, mais moulante et noire comme un tableau où faire un cours d'anatomie.

Et les filles se séparent. Gabriella a repéré son itinéraire, sait qu'elle doit traverser la via del Corso, et prendre la via delle Muratte. Elle a beau ne porter qu'un léger débardeur, elle crève de chaud sous un ciel de cinémascope.

Elle tâche de marcher à l'ombre et c'est pourquoi elle manque ne pas remarquer qu'elle passe devant le bar Baccano, juste avant la Fontana. Allez d'abord la Fontana, les souvenirs de Marcello et Anita tout habillés dans le bassin, ensuite elle reviendra sur ses pas s'offrir un Rhum là où Caroline travaillait au moment de la fuite de Diogene et de la mort de Demetria. Juste comme ça...

A la fontana elle doit jouer des coudes pour arriver au bord du bassin où des touristes jettent des pièces pour voir leur vœu exaucé, font des selfies de baiser amoureux, crient, appellent dans toutes les langues... Il faut craindre les pickpockets, les fesses pincées dans la cohue, premier vrai contact avec la Rome légendaire... Quand même bien polluée aujourd'hui par les aventuriers des monuments classés venus de partout sans voir l'âme de la ville. Gabriella voudrait la voir cette âme, en sentir le souffle, sans cesse vivant d'une nouvelle vie depuis l'antiquité, se souvient que son guide parle de baroque romain, de symbole de la pureté d'une eau éternelle qui viendrait presque de l'époque des empereurs, avec une sombre histoire de vol par Salvi, architecte du dix-huitième siècle, du plan d'un archi du dix-septième nommé Bernin. Et le guide renvoie à une maquette du Museo Roma, au coin de la piazza Navona. Gabriella se jure d'aller voir si le projet lui plaît plus que ce bazar arrogant et m'as-tu vu. En même temps elle pense que Victor lui avait promis qu'ils feraient une offrande à la fontaine, avec une prière pour s'aimer toujours. Eh ben même dix centimes d'euros, elle n'en fera pas la charité à cette eau de dolce vita désormais souillée de connerie touristique.

Gabriella va rebrousser chemin : rhum au bar Baccano ! Et passe devant une boutique, avec du Cinecitta, « Cinecitta moda », dans l'enseigne, un étalage de fringues bien voyantes, des tenues à concourir pour un titre de miss, de la paillette et du suggestif... Quelques ensembles bien élevés aussi, de la dignité bien boutonnée. Une idée lui vient tout soudain, la surprend même d'en être capable : et si... Et elle entre, montre à la vendeuse un modèle sur un mannequin, rassemble ses morceaux d'italien :

— Vorrei qualcosa cosi... La mia misura è... [25]

Elle hésite, les chiffres elle n'y arrive pas encore.

— Quaranta due, o quattro... [26]

Complète la vendeuse.

Un petit quart d'heure après, reins cambrés et nichons vaillants sous le débardeur trempé de sueur, son paquet de la boutique « Da Cinecitta » à la main, elle lit « Rum » en lettres de faïence collées sur la vitre du bar. Dans la rue derrière son guide situe le teatro Quirino-Vittorio Gassman. Comme elle ne connaît pas ce type, sûrement un comédien local, et puis les théâtres il y en a partout, et enfin c'est pas une ruine d'il y a longtemps, elle n'a pas la curiosité. Elle entre dans le bar où Caroline a travaillé.

Tout de suite elle est frappée par l'ambiance années folles de l'endroit. Bois sombre verni partout. D'abord un long comptoir, une vingtaine de mètres peut-être, au plateau de zinc mouluré en façade avec une crédence où s'alignent des bouteilles multiples, vins d'un côté, alcools et liqueurs de l'autre. Deux barmen en tablier blanc, gilet noir et nœud papillon pareil, officient là. Ceux qui vont servir attendent au fond, debout, accoudés à leur plateau. Ils sont deux aussi. Face à ce comptoir, une série de tables étroites entre des banquettes en bois, à claire voie, quatre places, séparées de la partie restauration par une cloison de verre dépoli, lisse, serti de bois sombre, le terrain de Caroline au moment de la mort de Demetria et de la disparition de Diogenes. Là encore on respire le parfum du passé dans l'attente des convives du dîner. Tables à quatre ou deux places. Argenterie, verres tulipe tout simples, et nappes blanches, en tissu. Les chaises barreaudées, sans coussin, pourraient provenir d'un bistrot 1920. Au-dessus d'une vaste desserte de service, sur un miroir, les propositions de plats et boissons, pasta fatta in casa [27], champagne Pol Roger, et tout et tout, sont inscrites, assez à la diable, en cursives parfois illisibles, au blanc d'Espagne.

A cette heure la partie bar est déjà bondée. Gabriella s'assied à la seule table libre, face à la rue, relit à l'envers « Rum-Whiskey », sur la vitrine, et observe l'assistance. Des groupes d'hommes élégants, chemise blanche sans cravate et mocassins cirés, de la classe de Massimo, le cheveu gominé, rasés de près ou la barbe de quelques jours, virile, et des femmes au rire perché, vêtues léger, pas avares de leur corps, des aguicheuses et des régulières, peut-être encore plus délurées, désinvoltes de la cuisse et de la poitrine, le bras d'un uomo vero autour de la taille. Ça picole, ça parle en même temps que lui ou elle, et les pressées du câlin, en attente d'aventure, frottent et s'abandonnent sur une épaule comme pour marquer leur soumission, établir une complicité, laisser leur parfum au col du monsieur. On mange des huîtres, des morceaux de pizza. On parle haut, fort, pour être entendu de tous, être important. Tous ces manèges, ces jolis cœurs de zinc, Gabriella les connait par cœur, elle pourrait donner des leçons. Diogenes a fait partie d'un de ces groupes, lequel ? Il a en tout cas été assez proche de la direction pour faire embaucher Caroline. A creuser...? Il aurait choisi le « rum », pas le whiskey. Alors Gabriella fait de même et commande un Bellevue ont elle a repéré la carafe rare sur la crédence. Un verre qui lui coûtera la peau des fesses mais comme ses fesses elle n'en fait rien en ce moment... Cette pensée sotte la fait sourire. Le garçon ne cille même pas devant ce sourire et lui apporte sa boisson avec des grâces de serveur à l'ancienne. De Dieu que c'est bon !

Et puis là-bas, parmi les grappes de types accrochés au comptoir, elle en repère un qui la zyeute et lève son verre de rhum à son intention. Dieu qu'il est laid, tignasse noire emmêlée, barbe à la va comme je pousse, nez de boxeur, lèvres charnues, dégaine de rien du tout, jean et chemise rose par-dessus la ceinture, pas bien grand, mais de la rigolade dans les yeux, et une séduction canaille. Il porte aussi un badge sous plastique au bout d'un ruban, comme quelques-uns des autres buveurs, Gabriella s'en aperçoit. Sans savoir à quoi ça correspond cette sorte de laissez passer, comme dans les stades pour les entraîneurs. Peut-être une carte de guide. Auquel cas, Diogenes, guide aussi... Elle ne peut pas s'empêcher de répondre au salut de la chemise rose, de vider son verre cul sec et de filer aux toilettes, c'est où, ah oui derrière la partie restaurant, pour éviter de le laisser venir, de s'embrouiller une aventure vite fait dont elle ne veut pas, avec un type qui pourrait lui parler de Diogenes s'il est bien guide... Et il est vraiment moche, non laisse tomber Gabriella, tu te connais, tu vas aller trop vite, y laisser des plumes.

Surprise, on accède aux toilettes par un monte escalier ! Gabriella fait deux fois l'aller-retour, plaisir de gamine, puis se défile par la porte de côté qui donne sur une terrasse où on déguste des fruits de mer. Presque au trot, elle tourne à droite, encore à droite, le long de ce foutu teatro, continue, via del Corso, la suite des ruelles qu'elle pourrait presque maintenant prendre les yeux fermés et en rien de temps elle est Campo dei Fiori, chez elle une minute plus tard, jette son paquet « Cinecitta moda »sur le lit, se met nue, enfile son achat et comme ça, toute crue d'élégance, va toquer à la porte de Caroline. Qui reste bouche bée.

A vingt et une heures, Gabriella, maquillée, parfumée, accoudée à la rambarde du ponte Emanuele, attend Massimo. Les passants se retournent sur elle, certains tentent une approche mais un regard de la dame suffit à les décourager. Gabriella pense à son Poulpe de second papa adoptif. Elle lui a envoyé un SMS avant de sortir. Qu'il salue tout le monde, ces dames de Sainte-Scolasse, Pedro son premier père, adoptif aussi... Finalement elle va rester plus longtemps que prévu à Rome, ville où éclosent les amours... Elle lui racontera. La réponse a été laconique : qu'elle jouisse de sa liberté. Quand Massimo, costume gris poussière, cravate relâchée, ébouriffé et plus Mastroianni que jamais, arrive du palais de justice avec un bon quart d'heure de retard, il s'arrête à quelques mètres de Gabriella, elle vient à lui comme un matador prêt à poser des banderilles, le menton baissé, l'œil fixe, une fatale, une Carmen romaine. Mais quand il éclate de rire, elle lui tombe dans les bras :

— Je t'avais dit qu'Ekberg n'avait qu'à bien se tenir !

Et elle tourne sur elle-même dans la même robe que celle de la Dolce Vita, le bain avec Mastroianni, noire, longue, fendue jusqu'à la taille et les seins à déborder du bustier. Finalement elle a pris du quaranta due, à peine trop juste de la poitrine, exprès. Massimo lui offre son bras, l'hostaria dell'Orso les attend...

— Non. Je suis trop jeune pour le plus vieux restaurant de Rome. Je t'emmène...

En moins de deux ils sont piazza Navona, aux Tre Scaline. Au bord de la terrasse presque pleine, entre conversations, bruits de couverts et rires sonores. La serveuse est déjà là et Gabriella accepte que Massimo traduise.

— A ton tour de te plier à mes habitudes... Premier plat coppa, ensuite pollo alla cacciatora, [28] tiramisu en dessert... Champagne en apéro une bouteille, et Barolo après... Una bottiglia...

Le temps de rien et le champagne est là. Jusqu'alors Massimo s'est tu. Il lève sa flûte, boit une gorgée et attaque de front :

— J'imagine que vous n'avez pas encore commencé à revoir les témoins clés qu'on a sélectionnés... Mais Barberini a dû bien entamer sa tournée des garages qui auraient pu réparer un pare-chocs... Je le connais l'ispettore, on s'est opposés plusieurs fois au prétoire et il ne lâche jamais rien. Il connaît les bas-fonds de Rome comme personne, sinon mes confrères avocats pénalistes et moi. J'ai perdu deux ou trois procès à cause de son habitude de précision, de ne rien oublier... Je dois dire aussi que j'ai gagné parfois et qu'à chaque fois je savais mon client, le prévenu, coupable... Vous, vous voyez quand pour lui donner vos conclusions et établir un plan pour la suite...?

Gabriella remplit à nouveau les flûtes :

— Demain matin si possible. Caroline s'en occupe.

— Parfait. De mon côté je vais poser quelques questions à droite à gauche. J'ai défendu surtout de vrais délinquants, coupables de crimes parfois insupportables, peu d'innocents, victimes d'erreur judiciaire... Alors sans le vouloir j'ai mon petit réseau... Où le meurtre d'une enfant est intolérable. Si quelqu'un sait le motif de la mort de Demetria, il sera content de se confier à moi, pas à un flic, de me mettre sur la piste du meurtrier... Mais il faut que j'y aille sur la pointe des pieds...

Gabriella se contente de dire merci, merci pour Caroline.

Et ils se taisent parce que Gabriella a fini la bouteille de champagne, posé sa main sur celle de Massimo et la coppa est là, le Barolo aussi, après le pollo. Pas la peine de parler. Leurs yeux suffisent.

Il est tard quand ils se lèvent après un Toscano. Ils ont encore pris une grappa pour lui, un rhum, médiocre, pour elle, et ils ont le cœur léger. Sont un rien pafs pour tout dire. Gabriella a insisté pour régler l'addition. Elle prend la main de Massimo, veut l'entraîner. Il résiste un instant :

— Pourquoi te risquer dans cette affaire, courir un danger peut-être, tenter de faire justice ?

Gabriella le regarde droit :

— Parce que je suis une injustice qui va...

Et elle remonte à pas vifs, sans même un écart dû à l'alcool vers le bout de la piazza qui donne sur le corso Vittorio. Interloqué il la suit jusqu'à s'arrêter comme elle devant la fontana dei Quattro Fiumi, lui prendre la main et ne pas pouvoir résister quand elle l'entraîne dans le bassin, qu'il a de l'eau à mi-cuisse, qu'elle en puise au creux de ses paumes et s'en asperge, en inonde ses boucles noires, son bustier, ses seins, et que sa robe, trempée, s'ouvre jusqu'à laisser voir ses minces dentelles... S'en fout de la petite bourse de tissu noir attachée à taille avec ses clefs... Risque rien... Massimo, oh Massimo ! Dans un murmure à crever de tendresse. Alentour on s'est attroupé, on crie bravo. Les plus hardis commencent d'enjamber la margelle. Alors Gabriella attrape Massimo par les revers de son costume, et avant de l'embrasser :

— Tu vois, Ekberg et Mastroianni, leur dolce vita à deux balles, c'était du petit jeu, nous on se baigne dans quatre fleuves en même temps…

Et elle sort, s'ébroue à peine, pas bien décente. Massimo essore son pantalon, sa veste, écoute ses chaussures soupirer d'humidité, rigolard. Refaire la Dolce Vita, quelle idée folle qu'il n'oubliera jamais. Gabriella tourne sur elle-même, danse, appelle Massimo, bras tendus, viens, viens Massimo, sans se souvenir qu'elle reproduit presque le jeu d'Ekberg dans le film. Massimo la saisit à deux mains par les hanches, la colle à lui, maintenant il va retourner à l'hostaria, repasser le pont, sa Maserati est garée au palais de justice. Elle l'accompagne et il la ramène chez elle ? Elle secoue la tête, elle rentre à pied… Et tout à coup sérieuse :

— Tu as raison : le mobile, savoir pourquoi on a tué la petite. Tout est là. On trouve pourquoi et on a le meurtrier. Pourquoi on ôte la vie à une petite fille de quatre ans. Alors fouille dans tes bas-fonds tant que tu peux… Sans prendre de risques…

Et puis, avec son habitude de coq à l'âne :

— Tu habites où ?

— Via Margutta. En bas de votre villa Médicis et presque en face de la maison de Fellini et Masina… Tu viendras ?

Elle s'éloigne déjà, se tourne, fait quelques pas à reculons :

— Un jour… Appelle-moi demain, après notre réunion avec Barberini à 11h. Peut-être qu'on se verra le soir, si tu es sorti de tes audiences…

Et hop elle n'est plus là, déesse sortie des eaux, avalée par une petite ruelle au coin de la piazza di Pasquino.

Gabriella parcourt en somnambule le court trajet jusqu'à la via degli Specchi, salue au passage la statue de Giordano Bruno, arrive devant chez elle, cherche ses clefs dans sa petite bourse à tordre. A ce moment, là-bas, à l'angle de la via Arenula, sous un pâle réverbère, une silhouette allume une cigarette et la lueur du briquet éclaire le visage du fumeur. C'est le jeunot, le chauffeur de taxi qu'elle a corrigé à son arrivée. Une seconde et il lève un bras dans sa direction, simule un revolver, et imite la détonation d'un pan sonore dans la rue vide. Puis il disparaît.

Gabriella, soudain dégrisée, a compris la menace, va falloir être aussi sur ses gardes de ce côté. Le gamin veut se venger de l'affront. Et, à force de ruminer, de pas supporter le souvenir de l'humiliation, il est peut-être dangereux, parce qu'imprévisible. Gabriella soupire et monte à son appartement. Au moment où elle l'ouvre, Caroline ouvre le sien, reste sur le seuil, à contrejour dans une nuisette houlàlà :

— Tu as dîné avec Massimo ? Il dit quoi ?

Gabriella vient enlacer Caroline :

— J'ai dit quoi... Lui il obéit à l'aveugle. Je crois qu'il espère une récompense de ta part, pas de la mienne...

Caroline n'a pas écouté, ou avec une fausse distraction, elle se dégage de l'étreinte de Gabriella :

— Oui bon... Mais tu dégoulines et il pleut pas... A cause de toi, moi aussi je suis toute mouillée... Je vais me changer, fais-en autant et on discute. Qu'est-ce que tu as fait pour être dans cet état ?

Gabriella allume dans son living :

— Mon cinéma j'ai fait mon cinéma...

Caroline ouvre des yeux ronds, ôte sa nuisette avec

un frisson et dans le mouvement, impudique et elle s'en fout, va chercher de quoi se couvrir.

Le temps de passer un peignoir, l'une et l'autre, et elles se retrouvent chez Gabriella, devant les amas de feuillets où se cache peut-être la solution du meurtre de Demetria, la piste qui remonte jusqu'à l'assassin... On coupe *Felicità, è tenersi per mano...* sur le transistor. Décidément Caroline a du mal avec la chanson... Elles examinent la liste des témoins qu'elles veulent interroger à nouveau avant de communiquer leur programme d'interrogatoires à Barberini. Ne pas oublier de lui demander où il en est avec les garages et réparateurs d'autos à la sauvette. Elles le voient à onze heures à la Carbo. Très bien. Elles décident de commencer par Sophia Dumont dès demain après-midi, avec l'espoir que cette prof de lettres soit chez elle. Faudra aussi parler à Barberini de Massimo, dire la mission confiée par Gabriella de sonder la part d'ombre de sa clientèle sur le motif improbable de l'assassinat d'une petite fille.

Bon. Bonne nuit. A demain. On se voit avant ? Oui. A demain.

Caroline s'en va et Gabriella se plonge dans son guide, cherche les lieux qu'elle voudrait quand même trouver le temps de visiter, et tâche aussi de progresser en italien. Brièvement elle pense à Victor, repense à son reflexe de s'offrir à Massimo, ce chaud lapin, à peine rencontré pour se venger, et puis non, et sourit parce que le dicton lui revient : la vengeance est un plat qui se mange froid. Or, elle sait bien qu'elle ne fait rien sans se consumer à la tâche. On verra bien, la relation avec Massimo n'est pas une priorité, elle doit même y renoncer pour ménager Caroline, sauf pour la frime, le laisser se croire irrésistible. Et un élément de la conduite de Massimo lui paraît difficile à comprendre : il connaît depuis longtemps le passé de Caroline, ses malheurs avec la mort de la petite, peut-être avec le départ de Diogenes, et il se serait contenté de venir flirter avec elle à la terrasse de la Carbo ? Ils n'ont jamais parlé de comment était leur relation avant son arrivée et le foutoir de vouloir justice faite que Gabriella a installé entre eux... Pour un avvocato séducteur d'enfer, c'est un poil inhabituel, non ? Ou bien tout a déjà été consommé et on demeure sur une sorte d'armistice sentimental...? Ou bien, comme Gabriella se l'est déjà dit, ces deux-là s'attendent. Ils attendent la vérité sur la mort de Demetria. Ensuite ils seront libres. Alors faut se dépêcher de résoudre l'affaire. Gabriella retourne au sommaire de son guide, les expressions utiles...

— Même pas de chapitre sur comment parler à quelqu'un qui te fait envie ! Et puis c'est plus mes oignons ! Pour l'instant.

Jour 5. Mardi

Peu avant onze heures, dans le fracas, les cris des marchands, la rumeur sourde des conversations, la foule en désordre, dans le chaos vivant du marché sur le Campo dei Fiori, qui emplit l'espace au point de donner l'impression de ne plus pouvoir respirer, Caroline et Gabriella, petite robe chasuble blanche pour Gabriella et sa peau un peu cuivrée, la robe noire seconde peau de d'habitude pour Caroline, les deux filles arrivent à la Carbo dont la terrasse est déserte. Pas encore de Barberini. Caroline entre saluer son patron.

Gabriella savoure le climat comme une touriste lambda. Depuis son arrivée le ciel est d'un parfait « dipinto di blu » [29] et le soleil luit sans faiblesse, et puis ces odeurs de plats excellents, venues des grands restaurants et des petites trattorias, donnent un parfum unique à la ville. Une sorte d'invitation à la déguster.

Elle profite d'être seule pour appeler Massimo. Qui lui accorde deux minutes, après il entre en audience. Qu'elle fasse vite. Alors tout de go elle demande quand il lui fera faire le tour des principaux monuments, des vestiges de la Rome antique, et oui si ça l'intéresse elle est bien rentrée hier soir, sauf qu'un jeune chauffeur de taxi, un escroc, l'a menacée de mort.

Massimo s'exclame, c'est quoi cette histoire, personne ne veut ta mort... Elle raconte son arrivée, sa réaction devant l'arnaque du jeunot mortifié c'est sûr d'avoir subi un affront de la part d'une femme. Massimo promet presque avec des effets de manches dignes du prétoire, de se renseigner par ses réseaux souterrains. Via ses quelques clients parmi les taxis de Fiumicino... Ils peuvent poser des questions, sont du même monde illégal... À part cela, pour la tournée des sites touristiques de Rome, ce ne sera pas possible avant quelques jours, une semaine... À moins qu'il réussisse à se réorganiser dans l'examen de dossiers, mais les jours d'audience ne peuvent être différés. On se voit ce soir et on fait le point ?

Gabriella répond juste comme Barberini s'assied devant elle, rejoint par Caroline :

– Non. Il faut d'abord que moi aussi je réorganise mes dossiers...

Je te contacterai...

Et elle raccroche, salue Barberini et son fameux blazer bleu, Caroline lui tend déjà une feuille, explique et traduit chaque phrase. Barberini lit, imperturbable comme s'il avait un éloge funéraire sous les yeux. Elles ont mis au point ce matin la liste des sept témoins à revoir, l'ordre dans lequel elles vont opérer. D'abord cet après-midi, Sophia Dumont, la prof au lycée français Chateaubriand, cinquante ans, divorcée. Elles ont prévenu de leur visite tout à l'heure. Comme les autres, elles l'ont choisie parce que son témoignage comporte un ou deux détails à mettre en parallèle avec ceux notés par ses co-témoins. Bien sûr le fait de ne pas avoir retrouvé le lambeau de tulle est partagé par tous. Mais certaines autres affirmations sont assez remarquables, étonnantes pour être creusées. Leur dernière visite, dès que possible, sera pour Rossi Giorgio, employé municipal à la voirie. Trente-cinq ans. Célibataire. Il a dit avoir vu une femme dans la voiture, noire la voiture d'après lui. Est-ce qu'il le croit toujours ?

Barberini écoute, fait mmmm, hoche la tête, est-ce qu'il peut garder la liste ? Puis il tire d'une poche intérieure un feuillet, bouge sa chaise pour être à côté de Caroline, qu'elle traduise... Voilà les garages qu'il a visités. Sans s'embarrasser de préliminaires ni de précautions oratoires, juste se présenter et montrer sa carte. Avec une seule double question : le 14 août 2022 cet atelier a-t-il réparé un pare-chocs où était encore accroché un bout de tissu bariolé ? Adresse et nom du propriétaire. Sans résultat. Il a mis une croix, comme celle tatouée sur l'avant-bras des mafieux, devant certains noms. Un rond dessiné en marge signifie que la réponse ne lui a pas paru très catholique. Peut-être par crainte de voir découvert un autre accroc à la loi ou pour ne pas avouer et avoir le plaisir d'entraver une enquête policière. Si elles pouvaient, quand elles en auraient fini avec leurs sept visites, aller faire examiner leur voiture dans ces garages et bavarder, parler d'amis, de cousins, revenus à Rome récemment. Et d'offrir un numéro. Le meilleur souvenir, des cousins vous allez rire, n'est ni le Colosseo, ni la villa Borghese mais d'avoir fait réparer leur voiture dans cet atelier voilà presque un an, tiens la veille de Ferragosto... Des provinciaux, un peu plouc faut l'avouer, qui avaient été ravis du service... Un pare-chocs, à peine endommagé et, le plus drôle, un bout de la jupe de la dame coincé dedans quand le couple avait essayé de remettre le pare-chocs en place. Oh vous ne pouvez pas avoir oublié, la robe de la cousine était fendue qu'on lui voyait la culotte si elle ne la tenait pas à deux mains... Voilà votre canevas d'improvisation... Suivez-le avec tous vos arguments pour séduire, maquillage, vêtements, toute votre belle chair et vous verrez les réactions quand ils ne seront plus sur leurs gardes...

Il a une sorte de ricanement, tousse comme pour s'excuser de ses recommandations ollé ollé, et conclut :

— On échange les infos à la prochaine réunion mais

on essaie d'aller vite. Que j'aie bouclé l'affaire avant ma retraite. Dans six semaines exactement...

Il est déjà debout. Gabriella l'arrête :

— Ma una macchina... Non ne abbiamo...[30]

Elle l'a dit en italien, toute fière de ses révisions de la nuit. Barberini ouvre la bouche, ne la ferme pas, tout écarquillé et perplexe : la demoiselle parle notre langue adesso[31] et pas de voiture, de nos jours...?

Caroline lève les mains, paumes ouvertes, elle n'a pas de solution. Et Gabriella, fière de son effet, ajoute :

— Ma forse Massimo me presta la sua... Una Maserati Quattroporte...[32]

Barberini en sourit, moment rare, serre la main des filles, on se tient au courant et on avise, là il va manger dans une petite trattoria du Trastevere, faudra qu'il leur donne l'adresse... Et il file. Caroline fait signe à la serveuse, elles vont prendre le plat du jour, avec un Chianti. Et puis :

— Tu es sûre que Massimo va accepter de te prêter son bolide de collection ?

Et soudain un peu pincée, amère presque :

— A moins que tu ne connaisses le prix de ce geste... Et sois prête à le payer...

Et immédiatement, elle prend la main de Gabriella :

— Pardon. Je n'ai pas à me mêler de tes affaires... Comme on dit : ton corps t'appartient. Pardon.

Gabriella baisse la voix, en confidence :

— T'a rien compris. Massimo et moi c'est un jeu, du flirt. Il t'aime, toi, et joue les simples copains depuis qu'il te connaît, à cause de la mort de Demetria, que tu t'es confiée à lui, et la trouille que tu aimes toujours Diogenes. Il n'ose pas t'approcher tant que ton passé ne sera pas apaisé, que tu n'auras pas de réponses à tes interrogations. Quand on aura le nom de l'assassin, tu pourras regarder le souvenir de Diogenes en toute sérénité et ouvrir les bras à Massimo…

Caroline s'est levée, vient dans le dos de Gabriella, lui embrasse la nuque, le haut des joues, laisse couler quelques larmes et Gabriella arrête ces effusions, pas le moment de faire du sentiment, ni de dire que le Massimo elle en aurait bien fait son quatre heures si elle avait eu l'intention de s'installer à Rome. Mais sa vie est à Paris. Elle avait donc bien deviné le petit penchant de Caroline pour le bel avvocato, maintenant il faut qu'il soit sincère, se laisse aller aux charmes de Caroline. On n'est pas sortis d'affaire, revenons à notre enquête :

— On déjeune tranquille et on file chez Sophia Dumont. Tu y vas nippée comme ça ?

— Je ne suis que la traductrice… J'ai le droit de faire envie… A tous… Surtout à Massimo maintenant… Mais si tu m'as donné de faux espoirs avec Massimo, je, je… Je ne sais pas de quoi je serai capable…

Pour parvenir Piazza San Luigi dei Francesi, les filles longent le palais Madame, siège du Sénat et Gabriella s'épate du climat bon enfant de l'endroit, sans des cohortes d'hommes en uniforme, armés, juste face au flanc de l'église, baroque, fondée par les Français à la fin du 16ème siècle. Elle abrite trois tableaux du Caravage. Un peintre qui a tué un homme dans une bagarre ou un duel, Caroline ne se souvient plus, mais qui a mené une vie de bâton de chaise, malgré la fréquentation de papes et d'aristocrates et acquis une grande renommée, avant de mourir à trente-huit ans. Gabriella voudrait visiter l'église et voir les tableaux ? Non merci, les églises Gabriella évite, elle a un différend avec Dieu qui lui a donné des parents pas là et une jeunesse en prison… Quant aux tableaux, faudrait d'abord lui expliquer, lui parler de la vie de ce Caravage qui a une vie si mouvementée…

Elles trouvent l'entrée de l'immeuble, presque au coin de la piazza, avec des sonnettes, dont une marquée S. Dumont. Mais elles ont beau sonner, personne ne répond. Surtout il faut se souvenir que les témoins ont vu Caroline, prendre sa fille morte dans ses bras, qu'ils peuvent la reconnaître et dans ce cas il faudra jouer l'étonnement, parler de ressemblance… Et abréger l'entretien, aller vite à l'essentiel… Bon, elles vont attendre un peu, sinon elles téléphoneront à Bastiani Maurizio à son bureau, fondé de pouvoir… Et à ce moment Gabriella voit, de l'autre côté de la place, tout contre San Luigi, l'enseigne de la libreria Stendhal, la librairie française de Rome confirme Caroline. Pourquoi pas attendre parmi les livres ? Allons, on se donne jusqu'à 14h30.

Et elles y vont. Entrent dans un endroit accueillant, pas mal vaste et peuplé de milliers de volumes, sur des étagères, des tables, empilés à côté de la caisse. Caroline, pourtant une cliente très occasionnelle est saluée par la libraire, Marie-Eve, une petite brune souriante, coiffée Jeanne d'Arc. Ces dames cherchent un ouvrage en particulier ? Non, elles attendent une dame qui habite en face et en profitent pour voir les nouveautés littéraires… Marie-Eve demande, si ce n'est pas indiscret, le nom de cette dame. Caroline répond, un roman de Carole Martinez en main, pas une nouveauté mais le titre lui dit quelque chose :

— Sophia Dumont. Elle est prof à Chateaubriand…

Une voix répond en français, sans accent, du fond du local :

— Vous l'avez trouvée. Vous m'accompagnez, madame

d'Interpol et votre traductrice dont vous n'aurez pas besoin aujourd'hui…

Et passe de l'ombre à la lumière des vitrines, entre les tranchées de livres, une femme très élégante, une blonde, cheveux aux épaules, une sorte de beauté slave, italienne avec un mari Français envolé, l'inverse de la situation de Caroline, à peine maquillée, en tailleur léger, bleu horizon, façon Chanel. Quand même, avant d'aller plus loin, elle demande à voir la carte de Gabriella qui l'exhibe vite fait hop là, un pouce sur la mention « Amicale de Sainte-Scolasse ».

La dame prend le temps de régler un Cesare Pavese, *La lune et les feux* une merveille, elle le rachète après l'avoir prêté à elle ne sait plus qui. Et conseille à Caroline : si vous n'avez pas lu *Le bel été*…

Tenez il est là… Caroline va refuser poliment, mais Gabriella a sorti de l'argent :

— Je te l'offre.

On dit au revoir à Marie-Eve et en route pour l'appartement de Sophia. Un bel espace d'angle, aux murs tendus d'un tissu soyeux beige, encombré de trop de beaux meubles anciens, patinés, où la dame, on comprend vite n'a pas le cœur de faire le tri pour en céder une partie.

Madame Dumont propose un café, un thé… Non merci, on ne va pas vous embêter trop longtemps. Caroline sort de son sac le témoignage de Sophia, le passe à Gabriella, et prend place dans un divan directoire. Gabriella feuillète déjà le document, s'assied à côté de Caroline. La dame a pris place, dos aux baies vitrées. Gabriella lui demande de relire sa déposition. Elle va le faire mais elle ne voit pas ce qu'elle pourrait ajouter ou modifier presque un an après la tragédie… Caroline se tait toujours, réussit à ne rien laisser paraître de son émotion devant cette femme qui parle de son malheur comme d'un élève qui aurait raté sa copie... La dame demande si elle peut écrire sur le document. Oui bien sûr... Encore un moment de lecture, retour sur certains passages et, à d'une voix assurée :

— Non. Rien à ajouter, rien à retirer. J'ai entendu un gros bruit de moteur derrière moi, j'ai tourné la tête et dès ce moment-là, tout se confond dans une sorte de photo, les passants mains sur la bouche où levées au ciel, la petite heurtée par une voiture et en même temps déjà projetée sur l'angle de la vitrine comme si sa robe arc-en-ciel créait un lien, étirait le temps. Rien après sinon que j'ai pris conscience d'avoir fait un pas en arrière, éviter d'être moi-même percutée par cette auto noire qui a filé à pleine vitesse, et je me suis précipitée vers la pauvrette, comme d'autres. A cet instant la mère est sortie de la boutique, a pris sa fille dans ses bras, s'est mise à hurler. Un énorme attroupement s'était déjà formé, dont ceux qui prétendaient avoir tout vu, et se prenaient de querelle avec ceux qui les contredisaient. Quelqu'un avait déjà appelé les secours. Vous avez attiré mon attention sur le morceau de tissu arraché à la robe, qui aurait pu rester accroché à la voiture, et je dois avouer n'avoir rien remarqué. Voilà tout.

Gabriella pointe un doigt vers le document toujours dans les mains de Sophia :

— Vous parlez aujourd'hui d'une voiture noire, mais ce n'est pas dans ce que vous venez de relire. Vérifiez...

La dame s'est figée, comme prise en faute professionnelle, relis tout bas, lève des yeux contrits :

— Vous avez raison et maintenant je vois parfaitement cette voiture noire, oui noire j'en suis sûre...

— Et la marque, vous avez eu le temps de la reconnaître ?

La dame a un sourire triste :

— Je ne m'intéresse guère aux voitures. Je n'ai même pas le permis...

Gabriella fait mmm, regarde Caroline à la dérobée, voir si elle tient le coup de revivre ces instants terribles. Si elle n'a plus peur d'être reconnue comme la mère de Demetria par la dame, car le danger semble être passé. Elle enchaîne :

— La petite... Elle courait ? Sur le trottoir ou la chaussée. Votre déposition dit que vous ne savez pas...

La dame soupire :

— Là je maintiens les termes de mon témoignage : je ne sais pas si la petite courait ou marchait mais cette voiture l'a cueillie au bord du trottoir. Et je suis navrée de ne pas pouvoir apporter plus d'aide à la Police.

Gabriella se lève, imitée par Caroline :

— Merci à vous d'avoir accepté de nous recevoir et de jeter un regard neuf sur vos déclarations initiales.

La dame est debout également, redevenue la parfaite maîtresse de maison, toutes ces horreurs oubliées :

— Café, thé ? Toujours pas ?

Les filles sont déjà à la porte, Gabriella répond sans se retourner :

— Merci, non. Nous avons d'autres mémoires à rallumer...

Et elles laissent la dame immobile, pensive, au milieu de son salon de parade : la politesse eût été d'accepter une boisson chaude, même sans la boire. Décidément, la Police...!

Elle n'a pas vu Gabriella empocher le petit carnet posé à côté du téléphone dans l'entrée. Pour ses notes et faire une niche à madame Dumont et son ordre insupportable.

En bas, sur la piazza Gabriella refuse toujours d'aller voir les Caravage dans l'église San Luigi.

Elles ont le temps de surprendre le second sur leur liste : Bastiani Maurizio. Procuratore, fondé de pouvoir, au siège d'une banque. Il habite dans le même immeuble cossu que les bureaux de la direction, l'ancien palazzo Alfieri aménagé, comme souvent les vieux palais romains. Elles y sont rapidement en un rien de temps, par le Panthéon et une ruelle étroite où le soleil ne parvient pas, presque directe jusqu'à ce bâtiment imposant, clos par une énorme porte cochère en retrait, presque à la jonction de la piazza Venezia et du corso Vittorio Emmanuelle. Caroline appelle le numéro personnel indiqué sur la déposition de Bastiani, traduit l'échange : il est chez lui, va bien trouver quelques minutes pour la Police, quelques minutes pas plus parce qu'il a un dîner ce soir. Et sa femme n'est pas encore rentrée de chez le coiffeur... Il leur ouvre le portail à distance, ensuite c'est le bâtiment de droite, l'entrée unique et l'appartement du deuxième étage.

Sitôt que la lourde porte s'entrebâille, elles se faufilent sous la haute voûte de l'entrée et gagnent la cour centrale, immense, puis l'aile qui abrite des logements, et, en façade sur la rue, les locaux administratifs. Avant de pénétrer dans le vestibule desservi par un ascenseur, Caroline, sans rien dire, noue un foulard sur le tatouage de son cou. Gabriella comprend que ce n'est pas une précaution pour demeurer anonyme, mais une façon d'abandonner tout pathos, toute sensiblerie, ne plus être la mère éplorée, juste celle qui cherche à obtenir justice.

Au deuxième, sur un vaste palier, aux murs en pierre de taille, face à l'ascenseur, il n'y a qu'une porte de bois sombre, moulurée et sculptée d'une fleur, Gabriella n'y connaît rien en fleurs, en son milieu. Caroline sonne. Et, dans l'instant, un homme dans la quarantaine, mince, brun et déjà un peu dégarni, en chemise, sans cravate, l'air lointain des gens de pouvoir, leur ouvre, les fait entrer dans un salon aux meubles modernes luxueux, hors de prix, Gabriella le parierait, les invite d'un geste à s'asseoir. Lui reste debout, écoute Caroline, regarde presque à travers elle, simple traductrice, pas de danger qu'il reconnaisse en elle la mère de l'enfant morte. Gabriella montre vite fait sa carte bidon tricolore quand elle entend son nom. Bastiani relève à peine la tête, grogne quelque chose avec de l'Interpol dedans, et se met à lire avec une mauvaise grâce manifeste la déposition que lui tend Caroline. Gabriella sort le carnet piqué chez Dumont.

Sa lecture terminée, Bastiani hausse les épaules. Il confirme ses dires de l'époque. Et il veut rendre les feuillets à Caroline. Alors Gabriella pose ses questions, toutes à la file, sur un ton péremptoire pour montrer qui commande ici, nom de nom ! Caroline traduit d'une voix neutre. Bastiani en est un peu interloqué, réfléchit. Maintenant qu'on l'y fait penser, oui une voiture a percuté la petite de façon volontaire. C'est donc un crime. On voulait la tuer. A l'époque il n'a pas pensé que l'horreur irait jusqu'au meurtre prémédité d'une enfant mais aujourd'hui il est sûr qu'on peut être inhumain au point d'exécuter une gamine. La fillette courait sur le trottoir, agitait les bras comme pour appeler quelqu'un. Elle l'a dépassé juste comme il longeait la vitrine de la boutique dont il a oublié le nom. La voiture a fait un écart pour l'envoyer promener presque sur ses pieds à lui. Il s'agit donc, il le répète, d'un meurtre délibéré. Et c'est bien que la Police romaine rouvre l'enquête, se fasse aider par Interpol.

Il regarde Gabriella droit dans les yeux et, pas mal grandiloquent :

— Merci à l'Europe de nous aider à confondre un assassin... Bravo inspectrice.

Pour le lambeau de tissu, il a vu tout de suite la large déchirure de la robe, et personne n'a eu le temps de le ramasser sans qu'il s'en aperçoive, parce que, il en a honte aujourd'hui, mais ce détail idiot l'a tracassé sur le champ, comme dans les moments cruciaux, un deuil soudain, un incendie, on s'accroche à un rien pour supporter l'insupportable... Alors que la petite était tombée à ses genoux, qu'il restait tétanisé et qu'il aurait dû courir derrière la voiture coupable...

— Donc la voiture a emporté le bout de tissu ?

— Il faut croire.

Il marque un temps, puis :

— Maintenant vous me demandez la couleur de la voiture, sa marque. Sur l'émotion, à chaud, interrogé sur les lieux mêmes, je ne crois pas avoir mentionné mon impression d'une voiture assez ancienne. Maintenant, oui, je l'affirme, une voiture ancienne, d'avant l'an deux mille... Sa marque, sa couleur...? Une berline noire, oui, peut-être, à y repenser... Dont le pare-chocs, vous m'y faites penser, pendait presque à terre à l'endroit de l'impact. Pas possible d'aller loin dans ces conditions...

Gabriella et Caroline se regardent. Et, suggéré par Gabriella :

— Le conducteur, vous l'avez vu ?

— Bien sûr que non. Sinon c'est la première chose dont j'aurais témoigné. Et puis tout cela est très loin, est-il bien nécessaire de rouvrir le dossier et faire souffrir la maman ?

Et soudain, tout à trac :

— Vous savez qu'Anne Magnani a habité cet immeuble pendant un moment ? La Magnani ! *Rome, ville ouverte*, et, on parlait justement d'une mère : peut-être son meilleur film *Mamma Roma*...

Gabriella fait signe à Caroline, ça elle a compris, on s'en va... Et avec un sourire de carton-pâte et des grazie mille, elles vont attendre l'ascenseur.

En bas, dans la cour, au pied des quelques marches devant la porte vitrée du vestibule pour ne pas exploser devant la désinvolture de Bastiani, Gabriella s'arrête, appelle Massimo. Messagerie. Elle laisse quelques mots. Serait-il assez gentil pour lui prêter sa Maserati un jour ou deux ? Elle expliquera la prochaine fois qu'ils se verront. Ciao !

Elle raccroche, retient Caroline prête à regagner la rue, reste un instant bouche ouverte, les yeux dans le vague. Avant de dire, d'une voix assurée :

— On est connes, on ne va pas au bout de nos indices, et ce Bastiani nous ouvre en grand une piste royale...

Elle s'interrompt au passage d'une femme un peu fanée, l'œil battu, petite robe vert Nil sans manches, pas de bijoux, pas de parfum sinon celui de la laque. Et une chevelure auburn, teinte de frais, très théâtrale, impeccable. Madame Bastiani de retour du salon de coiffure à coup sûr.

Gabriella attend que la dame soit dans l'ascenseur, puis tire Caroline au milieu de la cour, dans le jour encore éclatant, brûlant :

— Parce que si la mort de Demetria était délibérée, choisie, quelqu'un a décidé, ou commandité ce meurtre. Là-dessus, on est désormais presque tous d'accord. A vérifier auprès de nos autres témoins... Et...

Caroline a ôté son foulard, le chiffonne entre ses mains, complète les déductions de Gabriella :

— Et ce quelqu'un nous connaît, soit Diogenes, soit moi, soit nous deux. Il peut même être très proche. Moi je ne crois pas, mais Diogenes avait ses petits trafics dont je ne savais rien. Il a pu doubler un homme puissant sur une affaire trouble. Et, par cruauté, cet homme a décidé de nous atteindre à travers notre fille. Peut-être avec l'espoir que Diogenes répare ses torts avant qu'on l'exécute s'il ne respectait pas ses engagements...

Gabriella ouvre les bras :

— Tu as tout compris. La preuve est le départ, la fuite, de Diogenes le jour où on tue Demetria... Nous reste à explorer votre cercle d'amis, de partenaires, vos fréquentations... Le Baccano était votre quartier général, du moins le sien, non ?

Caroline secoue la tête : j'y ai travaillé à peine un mois côté restaurant. Les derniers temps avant son départ brutal, Diogenes, qui était pourtant pendu tous les jours au zinc, est très peu passé boire un rhum avec ses copains. Et il ne m'a pas présentée. Sauf de loin. Comme s'il avait déjà la trouille de rendre des comptes à ces habitués du comptoir. Des guides touristiques, officiels ou clandestins, pour la plupart, ou des employés de musées, d'agence de voyages... Moi j'avais mon boulot, d'abord à l'Excelsior, ensuite dans ce club via Veneto, puis au Baccano, avec des horaires variables, et Demetria pour remplir ce qui restait de mes journées. Lui n'était jamais là, malgré tous mes efforts de séduction, mes petits plats, mes tenues sexy pour attendre son retour... Il avait des clients spéciaux, bons payeurs, parfois pour un tour nocturne de Rome... Je n'étais pas dupe. Il pouvait séduire la plus belle femme du monde. Il était si beau et brillant...

Et d'un coup elle baisse la tête, et comme à contrecœur :

— Tu sais je t'ai dit que je le reprendrais s'il revenait. Je me suis forcée à le croire... Parce que je m'interdisais Massimo. Alors merci de m'avoir ouvert les yeux.

Maintenant j'attends Massimo et je sais qu'il viendra à moi, ou qu'il me laissera venir à lui...

Et elle tombe dans les bras de Gabriella, les larmes lui viennent ; Gabriella laisse le temps d'un bref chagrin, et quand Caroline sort un mouchoir de son sac :

– Sans négliger nos témoins encore à interroger ni la tournée des garages de Barberini, il faut qu'on aille farfouiller dans cette bande du Baccano qui a été proche de Diogenes. S'il a espacé ses venues au bar, jusqu'à filer en douce, il y a anguille sous roche, il avait peur de quelqu'un du groupe et une de ses fréquentations nous mènera peut-être à l'assassin ou au commanditaire... J'irais bien faire connaissance de ces gens tout de suite. Tu viens ?

Caroline sèche une dernière larme :

– Jusqu'ici la chance ne m'a pas souri... Suffirait qu'un des rares zèbres à qui Diogenes m'a montrée de loin me reconnaisse... Tu comprends ?

– Parfaitement. Je vais me débrouiller.

– Raconte-moi quand tu rentres. A n'importe quelle heure... Je ne dormirai pas...

– D'acc...

Elles repassent sous le porche monumental, sortent, se séparent, Caroline prend Vittorio et Gabriella remonte la via del Corso, sur le trottoir opposé à « Pelle e borse ».

La via delle Muratte, vers la Fontana Di Trevi, est embouteillée de touristes, embarrassée des étals de boutiques de souvenirs, et de flâneurs. Gabriella doit presque bousculer pour se frayer un passage jusqu'au Baccano qui déborde. On dévore en terrasse, à l'intérieur, le côté restaurant est déjà bien garni, côté bistrot toutes les tables aux banquettes de bois à claire voie sont prises, et Gabriella repère la bande des guides au bas bout du comptoir, parmi les autres groupes, des traders bruyants, des employés de bureau... On grignote, on déguste des huîtres, Gabriella réussit à se glisser sous le coude d'un gominé qui parle fort, force le passage, s'arrime au zinc et tente d'attirer l'attention d'un des deux barmen : prego, PREGO ! Mais rien n'y fait, ceux qui les appellent Silvio et Ottavio ont la priorité. Elle est près de siffler entre ses doigts, de faire scandale quand une main se pose sur son épaule. Le gus moche aux beaux yeux doux de l'autre fois. Sa voix est chaude :

— Sono Renato. Vieni con noi... [33]

Elle rassemble de l'italien de base :

— Sono Gabriella. Francese.

Et lui, dans un faux sourire de surprise mal rasé :

— Oh ! Allora... E che fai qui ? [34]

Un instant pour comprendre et composer sa réponse, sincère et trompeuse en même temps, avec plein de miel dans la voix et de promesses :

— Cerco qualcuno... Forse un uomo... [35]

Il rit, lui chuchote :

— L'hai trovato... [36]

Et lui prend la taille, ben voyons, comme on y va, l'entraîne, dans le groupe, et commence à la présenter, Gabriella, une bellissima donna francese, e parla italiano... Ils sont une vingtaine et font place à Gabriella autant que possible.

Les hommes s'inclinent, certains lui font un baise-main exagéré, les femmes l'embrassent, lui font juste coucou. Ils ont entre 30 et 50 ans. Les femmes sont toutes jeunes et séduisantes, choisies comme telles à coup sûr. Les hommes ont leur charme, tous. On est habillé sport, chic mais sans ostentation. Les chemisiers des dames peuvent se boutonner jusqu'au col ou pas. Et les jupes ont souvent une coupe portefeuille, coquine si on le décide... Gabriella tâche de voir par-delà ces dehors bien élevés, amicaux, cette proximité nouvelle, cherche un possible commanditaire du meurtre d'une enfant. Et chacun dit son prénom : Gina, Laura, Antonella, Amelia, Silvana, Ruggero, Carlo, Paolo, Tonino, Gianbattista... Presque tous ont leur accréditation sur la poitrine, pendue au bout de rubans de couleurs diverses. Gabriella déduit qu'ils n'ont pas tous le même employeur. Elle dément tout de suite son bilinguisme, le prouve avec un humour :

— Renato caro, vorrei un rum... Un « Zacapa Royal » se è possibile...[37]

Renato se contente de lever la main et d'appeler Ottavio, de passer commande et un rhum hors de prix arrive devant Gabriella. Elle lève son verre, boit une lichette, santé...

Le temps est venu de faire plus ample connaissance et on l'interroge. Tous, par nécessité professionnelle, baragouinent le français. Gabriella a bien noté, des mains qui se rejoignent, de lui apporter un rhum, des murmures à l'oreille, un lascia perdere[38] chuchoté par Monica, qu'elle ne comprend pas sinon quand elle voit la dame cramer du regard celui qui voudrait lui flatter les hanches, le dos, et plus si affinité, et Renato n'a pas partie gagnée dans son entreprise de séduction de Gabriella, c'est clair. Si elle comprend le français mâtiné d'italien, pas un qui ne propose de guider Gabriella, gratis il va sans dire, et rien qu'elle, dans la visite des monuments, des sites... Et de finir peut-être la soirée ensemble... Gabriella rit ne répond ni oui ni non. Elle se demande comment amener Diogenes sur le tapis. Pour l'instant elle a l'impression de diriger un entretien d'embauche où l'alcool serait autorisé.

La jeune Amelia parle très bien français. Elle a suivi

des cours, autant qu'elle a pu, d'histoire romaine à l'université de la Sapienza, « Il futuro è passato qui »[39] comme devise, et des cours de langue à l'Institut français, perche l'archeologia francese, à cause de l'archéo française. Mais les études elle a laissé tomber, elle se paie des cours de comédie, veut devenir actrice depuis qu'elle a visité Cinecitta avec un groupe conduit par Vittorio qu'elle a suivi en douce. Vittorio l'a repérée et amenée au Baccano rencontrer la bande, n'est-ce pas Vitto ? Sono qui con voi a causa di te[40] ! Et Vittorio, un noiraud rigolard, tout bouclé, qui a entendu, fait mine de se repentir :

— Il mio difetto ![41]

Pour les sous elle fait le guide, pas toujours déclarée... Mais tout le monde le fait... Ses parents sont à Naples, dans le prêt-à-porter mais ils ne veulent plus la voir. Elle soupire, très théâtrale et va se jeter dans les bras de Vittorio.

Ce qui permet, pendant que Renato qui tourne autour d'elles, apporte encore un rhum à Gabriella, à une autre de ces dames, Silvana, d'entreprendre Gabriella. 30, 35 ans, une volubile au corps magnifique, d'une séduction presque violente, très tactile, incapable de parler sans toucher son interlocuteur, Silvana parle bien, elle a fait des stages en Sorbonne, au Louvre... Gabriella fait immédiatement le rapport avec les stages de Diogenes. Silvana dirige une agence touristique et emploie quelques-uns du groupe. Parfois, par amitié, comment on dit en français, « dans la doublure », clandestinement, et vous, contente de votre séjour à Rome ? Vous faites quoi en France ? Gabriella attendait la question et détourne le propos avec la raison de sa présence, en réalité une demi-vérité : elle voulait visiter les monuments, les musées de la ville. Or son ami Mathias devait la rejoindre et il a été retenu au dernier moment. Il est policier à la BRI, envoyé tout à coup en mission. Alentour on répète, ah, polizia, et on sourit avec des regards entendus. Gabriella devine que Renato n'aura pas de rival, s'il persiste à vouloir Gabriella. Alors, pour jeter un peu d'huile sur le feu, et pour garder une place de choix dans le groupe, avec un regard coquin surjoué :

— Mais jusqu'à mon retour en France je suis une femme libre !

Elle ne s'attendait pas aux acclamations qui suivirent sa déclaration : la chasse à l'aventure sentimentale est désormais ouverte. Elle finit son rhum, en voudrait bien un autre... Juste un coup de téléphone à donner, vite, à son papa, à Paris. Elle fait deux pas en arrière, appelle, Massimo décroche tout de suite :

— Encore une demi-heure au Palais sur un dossier difficile et je suis tout à toi...

Elle le coupe :

— Au bar Baccano dès que tu peux. Tu sais où c'est bien sûr... Tâche d'introduire le nom de Diogenes dans la conversation... Trouve un prétexte...

Et elle raccroche. Retourne au comptoir où ces messieurs l'ovationnent. Un Alberto lui entoure les épaules, elle lui murmure, un peu aguichante :

— Finalmente sono di ritorno... [42]

Et la bamboula, le seul mot qui vienne à l'esprit de Gabriella, bat à nouveau son plein. Gina, Laura, Antonella et les autres filles ne sont pas en reste, se laissent cajoler, se défendent pour la forme. Gabriella tient bien l'alcool mais ce rhum est traître. Il est temps qu'elle mange un peu. Suffit qu'elle le dise et Renato lui sert une part de pizza. Pourvu que Massimo ne tarde pas. La bouche pleine, elle s'oblige à passer l'assemblée en revue. Qui parmi ces joyeux, ces jouisseurs de la vie, peut avoir tué Demetria, ou commandité son meurtre, ce qui est plus vraisemblable mais complique l'enquête. Faut-il éliminer les femmes ? A moins qu'une jalouse comme il s'en trouve dans ces régions chaudes, une passionnée à la machin là, Carmen, c'est ça, Carmen, où le soldat poignarde la femme qu'il aime. Ouais donc c'est l'inverse, peu importe, la passion pousse au crime...

Gabriella rumine encore quand un bruit se fait à l'entrée, la rumeur rieuse de la rue qui se précipite à l'intérieur. Et le voilà, le sauveur. Il passe la porte, romain en diable dans son costume ardoise, marque un temps, s'arrête, joue parfaitement la surprise et vient directement à Gabriella :

— Si je m'attendais ! Qu'est-ce que tu fais ici ?

— Et toi ? Pourquoi tu m'y as donné rendez-vous. Tu as oublié ? J'évite le secteur de la Fontana et cette foule de... de...

Gabriella fait sa mijaurée de salon, se dandine, oh là là t'es méchant, moi j'avais pas oublié, accepte un bisou sur chaque joue et :

— Comme tu es trop occupé pour me faire découvrir Rome, je m'adresse à des professionnels.

Elle pointe un doigt sur l'accréditation de Vittorio ou de Renato :

— Ces messieurs-dames vont le faire à ta place... Tu vois que j'ai le choix...

Massimo prend un air rusé, presque comme un gamin dans un jeu à secrets, se hausse sur la pointe des pieds, parcourt la bande du regard, n'oublie pas de laisser ses yeux flatter ces dames, faut être dans le ton, et, comme pour lui-même :

— Je peux même te conseiller un guide, un habitué de ce bar, mais il n'est pas là ce soir... Un client... Lui aussi m'avait donné rendez-vous ici où il venait souvent et ça m'arrangeait de ne pas retourner l'entendre au cabinet... J'avais une reconstitution de meurtre dans le coin et peu de temps... Lui c'était une affaire de garde d'enfant si je me souviens. Du familial. Et moi je ne fais que du pénal... Je l'ai dirigé vers un confrère... Vous savez s'il a eu gain de cause ?

Monica, ou Laura, Gabriella ne fait pas attention, elle sent juste que quelque chose va se produire, Laura ou Monica demande :

— Sei avvocato ? [43]

— Si. E il mio cliente... Il suo nome era ? Ho dimenticato... [44]

Il ferme les yeux, les rouvre soudain, continue en français :

— Martinelli Diogenes ! Il doit passer ce soir ? Il voulait la garde d'une petite fille me semble-t-il...

Il se fait un silence, une sorte de temps d'acteur où on suspend l'émotion du public, pendant lequel tous s'évitent du regard, examinent le fond de leur verre, comme détenteurs d'un secret collectif, ou d'une douleur. Silvana rompt cet embarras, lève la main pour avoir un autre bourbon, fait une sorte de bilan rapide sur grandeur et décadence de leur bel ami :

— Diogenes, il nostro casanova, e le sue mille e tre amante ! [45] On n'a pas vu Diogenes depuis un an. Même avant de disparaître complètement il passait de moins en moins. Et nous, ses amies de toujours, ses maîtresses, il ne voulait plus de nous, nous regardait à peine. Même Amelia, toute neuve à Rome, toute belle, toute jeune, après avoir essayé de la mettre dans sa poche, il ne la voyait plus... Comme si quelque chose le tracassait. Lui le joli cœur, on dit ça, hein, joli cœur, ou gigolo, non pas gigolo, séduiseur... Moi j'ai pas honte d'avoir cédé le premier jour, on s'était croisés à Cinecitta avec nos groupes, j'en accompagnais encore parfois au début de mon agence, deux mots et deux verres après nos touristes expédiés et on était au lit chez moi... Et je savais que je n'étais pas la seule. Toi, Antonella, tu l'as connu où avant de le laisser entrer dans ton lit ?

Antonella, une brunette au regard franc pince les lèvres :

— Ici. Comme nous tous. On est nés au comptoir du Baccano

Elle rit un peu jaune :

— Je l'ai connu, oui... Le temps de changer les draps une seule fois...

Silvana n'écoute déjà plus :

— Et toi Léa, toi Luisa...? Pas la peine de répondre, on sait toutes nos faiblesses pour Diogenes. On aurait gravi à genoux les vingt-huit marches de la Scala Santa rien que pour un sourire de lui. Alors quand il a pris ses distances, même qu'il ne nous draguait plus, ni même les Allemandes, les Hollandaises, les Anglaises, surtout les Anglaises qu'on voyait avec lui le soir, dans une trattoria, ou un club via Veneto, après les visites, les fausses prudentes...

Gabriella la reprend, par instinct, et regrette aussitôt de rompre les confidences de Silvana :

— Prudes. Pas prudentes...

Elle sait qu'elle aurait dû corriger aussi le « séduiseur » mais les langues faut être humble quand on les aborde, accepter de trébucher. Déjà elles maîtrisent pas mal le français. Silvana continue, prudes, prudentes, elle s'en fout. C'est pareil non ?

— ... les femmes qu'il guidait. Du gâchis pour un Apollon comme lui... On en était jalouses de ses touristes, il était à nous, celles de notre cercle, Diogenes ! Il a dû avoir des ennuis et filer loin. Va savoir pourquoi...

Un mari jaloux qui le menaçait, un type qu'il aurait, comment on dit, blousé ? Oui blousé, et qui aurait juré de se venger... Les hommes peuvent parfois être ainsi, lâches en affaires et en amour...

Massimo hoche la tête :

— Si par bonheur vous le revoyez, dites-lui quand même bonjour de la part d'Agostini Massimo, avvocato.

Brouhaha, de si et de oui, Silvana a grogné « par bonheur ou par malheur ? », on plonge le nez dans les verres. Gabriella en profite pour tirer Massimo par la manche et, fort :

— Massimo chéri, j'ai un peu abusé du rhum, tu peux me raccompagner...? Merci à tous pour cette soirée romaine... Ah oui : Renato, tu me laisses ton numéro...? Pour que tu me montres la ville...

Renato sort immédiatement une carte. Gabriella la prend, remercie d'une petite révérence et file avec Massimo, ciao, ciao...!

Dans la Maserati, garée pas trop loin mais quand même, Gabriella dit commencer à avoir mal aux pieds sur ces foutus pavés disjoints, et marre de ces touristes errants, une bière ou une glace en main, de la chaleur mêlée d'odeurs de cuisine, dans la Maserati Gabriella félicite aussi Massimo pour la façon dont il a rappelé Diogenes à ses amis, introduit la notion d'une fillette puis lui tend la liste des garages visités par Barberini. Avant de la parcourir, Massimo paraît réfléchir deux secondes :

— Je crois n'avoir jamais croisé aucun de tes nouveaux amis au palais... Pourtant je devine que certains ont eu affaire à la justice... Mais les arnaques à la visite guidée, aux faux billets ou coupe-file ne sont pas de mon ressort...

— Tu crois que l'assassin était présent ce soir, ou le commanditaire du meurtre ???

— Sais pas. Il va falloir que tu les fréquentes, que tu fasses parler quelqu'un qui sait pourquoi Diogenes a changé de comportement pour finir par disparaître. Tout est possible : une femme, des dettes... Flatte un peu les envies de ce Renato, il te veut, fais-le lanterner... N'oublie pas de fraterniser avec Silvana, une guetteuse à la curiosité sans fin... Elle crève de la disparition de Diogenes... Elle dirige une agence touristique, emploie des guides, si je ne me trompe, peut payer un mercenario pour faire mal à Diogenes, être cruelle autant qu'elle estime qu'il l'a été... Mais je me pose deux questions : est ce que Diogenes sait que sa fille est morte, et comment celui qui conduisait la voiture a pu frapper avec précision, savoir où trouver la petite, l'attendre ?

Gabriella renverse la tête, regarde le plafond de l'auto, se rajuste le décolleté et, tout bas :

— On n'est pas sortis de l'auberge...

Massimo pose une main sur son genou :

— Maintenant, regardons la liste de Barberini.

Massimo lit, replie la liste et la rend à Gabriella :

— Il est loin d'avoir fini sa tournée.

— C'est pour ça que j'ai besoin de ta voiture. Sous prétexte d'un bruit, de mou dans la direction, d'un pneu qu'on aura un peu dégonflé, Caroline et moi on va aller tirer les vers du nez des garagistes qui ne lui ont pas paru francs du collier...

— Pas francs du collier ? Et comment vous allez les faire parler ?

Gabriella continue :

— Qui pourraient cacher quelque chose en rapport avec une réparation de pare-chocs il y a un an... Peut-être avec un morceau de tulle bariolé encore accroché dessus... Et comme arguments on va se servir de nos séductions, nos seules armes... sauf si on sent que l'un d'eux va dépasser la limite, plutôt que de nous faire des confidences... Là j'aurai le cran d'arrêt de Caroline. Qui était à Diogenes d'ailleurs et qu'il a oublié dans son déménagement éclair...

Massimo secoue la tête.

— Dangereux mais vous êtes grandes. Tu me diras quand tu auras besoin de l'auto. J'irai au bureau ou au palais en bus... Peut-être que j'en profiterai un jour pour laisser la voiture à la révision et vous irez la rechercher, causer avec Pietro mon vieux garagiste de toujours, s'il n'a pas fermé boutique à son âge... Longtemps que je ne l'ai pas vu...

Gabriella acquiesce :

— Pourquoi pas ? On fera ça en dernier recours...

— N'en faites pas trop. Pietro approche les soixante-quinze ans... Vous ne risquez rien mais lui, son cœur...

Là-dessus, il démarre et à petite allure gagne la via degli Specchi. Trouve une place, arrête le moteur et descend. Gabriella l'imite, menace Massimo, pour rire :

— Pas question qu'on passe la nuit ensemble...

— Je veux juste qu'on dresse le bilan de l'enquête avec Caroline. Il y a de la lumière chez elle.

— D'accord mais vite, n'en profite pas pour... Enfin, laisse-lui le temps de se sentir vraiment libre. S'offrir en spectacle pour traverser le marché elle s'en fout, mais pour te dire qu'elle te veut, il lui faut encore du temps, le temps de trouver l'assassin de sa fille, tu le sais.

Massimo fait oui de la tête, appuie une épaule sur le chambranle de la porte massive, laisse Gabriella chercher sa clef, la suit dans l'escalier, se met juste en retrait quand elle sonne chez Caroline :

— C'est moi...

Et quand Caroline ouvre, la nuit est un instant suspendue entre lui et Caroline qui a ouvert en toute innocence et comprend trop tard qu'elle est nue dans une nuisette transparente qui ne cache rien. Elle fait demi-tour avec une sorte de gémissement, cul à l'air, et file chercher un peignoir. Massimo a regardé Gabriella, haussé les épaules et il entre au moment où Caroline revient, sort une bouteille de grappa pour se donner une contenance d'hôtesse. Elle est quand même forcée de laisser sa cuisse presser celle de Massimo à cause de cette satanée table étroite. Elle sert l'alcool et ils racontent la soirée, chacun leur partie. Puis établissent le programme du lendemain. Coup de téléphone à Barberini, lui faire un compte rendu d'aujourd'hui. Qu'il dise aussi s'il a du neuf côté garages. Puis visite à deux témoins si on peut, s'ils sont disponibles : Schiavone Rosalia, quarante ans, vendeuse de souvenirs à la sauvette, et Brighelli Ruggero, surveillant aux musées capitolins, près de la Machine à Ecrire. Gabriella doit également visiter Cinecitta et autant de monuments où Renato aura le loisir de l'emmener. Elle essaiera de le faire parler de Diogenes, des derniers temps où il fréquentait la bande. Pour la suite on avisera. Massimo est au palais jusqu'à dix-sept heures. A cet instant Gabriella lève un doigt, comme à l'école :

— Si on admet que le conducteur de la voiture noire fait partie de la troupe du Baccano, il faudrait savoir qui de Renato, Silvana et compagnie possède une telle voiture...

Massimo grimace :

— Tu te vois leur demander la couleur de leur auto, à chacun ? Comme un jeu...?

Et Caroline souligne à voix haute l'autre possibilité, encore plus aléatoire pour trouver le responsable du meurtre :

— Sans compter que si c'est le commanditaire qui fait partie de cette bande, il va vite comprendre ce que tu recherches et il n'a pas forcément, lui, une voiture noire...

Gabriella soupire :

— Il faut au moins que je devienne familière de leurs petits secrets de comptoir. Ça passe par Renato. Je le vois demain. Est-ce qu'il va commenter le rappel de la disparition de Diogenes, dire la réaction des autres après notre départ du Baccano...? Ou faire comme si rien n'avait eu lieu ? A suivre.

Massimo fouille ses poches, en tire un trousseau qu'il pousse devant Gabriella :

— Un double des clefs de la Maserati. Tu peux la prendre demain quand tu veux. Elle sera au parking côté droit du palais de justice. Le gardien aura ton nom... Appelle-moi en fin d'après-midi, et je te dirai où passer me prendre...

Gabriella prend les clefs :

— D'accord. On fait comme ça. On aura sûrement besoin de l'auto après déjeuner... Peut-être avant, on ne sait pas comment va tourner la visite à notre troisième témoin...

Là-dessus, ils se lèvent, bonne nuit, dormez bien, Caroline ouvre la porte, attend, bras croisés sur la poitrine, bisous ? Bisous. Et Gabriella voit Massimo avoir un geste pour caresser le tatouage au cou de Caroline. Et son baiser dure un peu, il la serre contre lui plus que les usages et la décence ne permettent. Elle voit aussi les yeux levés de Caroline sur le visage de cet animal d'avocat à gueule d'ange. Bon tout finira peut-être qui finira bien. Diogenes n'est pas le mètre étalon des hommes.

Jour 6. Mercredi

Gabriella a passé la nuit à se torturer les méninges, conducteur, commanditaire, facteur hasard, témoins encore à interroger, garagistes à éblouir et confesser... Le hasard, oui, fabrique les destins. Et Massimo... Comment manœuvrer avec lui désormais...? Parce que... D'abord elle a ouvert son guide pour une brève leçon d'italien, est allée à la fenêtre, bouquin en main. Là en bas Massimo va monter dans sa Maserati et non, il reclaque la portière le regard droit devant lui, de l'autre côté de la rue, et court se jeter sur une ombre qu'il alpague par son blouson et bouscule jusqu'à l'amener presque dans la lumière d'un réverbère... Le jeunot...! Massimo continue de le tenir coincé contre une façade, lui parle avec violence semble-t-il, pointe du doigt les fenêtres de Caroline et Gabriella. L'autre ouvre les bras comme un qui essaie de faire croire à son innocence. Pas de pot : Massimo sait ses menaces de mort à l'encontre de Gabriella et leur justification à la noix : réparer son honneur blessé par une femme... Comme Massimo continue à lui parler dans l'oreille, les lèvres tout contre sa joue, à le mordre, il baisse la tête, paraît se soumettre. Massimo, fait alors un pas en arrière, rajuste le blouson du jeunot qui se laisse faire, vaincu, accepte même un petit époussetage bidon sur sa manche. Gabriella a envie d'ouvrir sa fenêtre, de crier bravo Massimo, et de le supplier, s'il te plaît remonte chez moi, tu ne regretteras pas, mes bras t'attendent, et tout mon corps, mes seins, mes lèvres, Caroline ne saura rien, et même si... Elle serait généreuse, je commence à la connaître, elle me pardonnerait de t'aider à l'attendre en quelque sorte. Tout ça d'émois du corps et autres envies soudaines à lui foutre la chair de poule et la honte de ne pas contrôler ses pulsions. Elle a déjà la main sur l'espagnolette, l'autre presque à se dégrafer quand elle voit Massimo sortir son portefeuille, en tirer des billets, les donner au jeunot qui remercie au point de tenter d'embrasser la main de Massimo avant de remonter vers le Campo, le pas mou. Massimo attend un instant, remonte dans sa voiture et démarre.

Et Gabriella, pétrifiée, ose à peine croire à la scène entre l'avocat et celui qui l'a menacée de mort. Il s'est donné en spectacle exprès. Premier réflexe, elle pense que Massimo et le jeunot sont de mèche : il paie le jeunot pour lui faire peur, « payait » pour être exact, et intervenir au bon moment, arriver à temps pour la sauver. Et recueillir la récompense de son acte héroïque, la posséder où et quand il veut, juste pour le cul d'une fille de passage bien roulée, la gloire d'un séducteur patenté. Et si ça se trouve, s'en vanter auprès de Renato, Silvana et consorts... Non... Il n'agit pas par un doux et soudain penchant sentimental. Il fallait rendre Caroline jalouse. Tout a changé, il n'a plus besoin du jeunot comme faire-valoir auprès de Gabriella puisque sa relation avec Caroline a éclaté au grand jour. Faire semblant de courtiser Gabriella, et la sauter à l'occasion, plus la peine. Il a désormais sa promise, la vraie, la définitive, la Romaine magnifique et filera le parfait amour avec elle dès la mort de Demetria élucidée. Par Gabriella en grande partie. Même qu'il apparaîtra pourtant en rouage essentiel de l'enquête. Il vient de payer le jeunot pour solde de tout compte. Le temps de ces quelques réflexions et Gabriella bousillerait les lampes, le lit, éventrerait le canapé... Et puis elle se calme, cherche une ligne de conduite à tenir envers ce faux cul parce qu'il peut mentir sur plein d'autres points, avoir des contacts avec certains de la bande du Baccano par exemple, ou avoir recueilli les confidences d'un ancien client, un malfrat du monde du crime... Seule solution : ne rien changer mais demeurer vigilante, ne pas lui faire confiance. Ou bien elle se serait trompée, aurait mal vu, il l'aurait sauvée du jeunot pour de vrai...? Non, pas possible... Si... Non... Au diable le cœur, la chair et leurs élans, elle a décidé de se méfier.

Cela une fois arrêté, Gabriella a dû essayer de dormir, même encore tourmentée par le double jeu de Massimo : demain matin on voit le témoin trois, Schiavone Rosalia, vendeuse de souvenirs indépendante.

Et ce matin, plein soleil déjà par la fenêtre sur le coupon bleu horizon du ciel, après un rien de sommeil, elle a du mal à ouvrir les yeux. Après la douche, un petit coup d'une bouteille de Valpo pas total vidée et oubliée le jour de la relecture des dépositions. Une grimace parce que le rouge à cette heure, et parce que l'heure des faux semblants a sonné. Il lui faut désormais avoir constamment à l'esprit que tout le monde, sauf peut-être les témoins, tout le monde lui joue la comédie. Pas Caroline non plus, mais sait-on jamais, restons sur nos gardes avec elle aussi. Après tout la mère éplorée, l'éternelle abandonnée, est de nouveau prête au grand amour.

Pendant que son transistor, branché chanson de légende, diffuse *Senza una donna*[46] Gabriella s'habille en inspectrice d'Interpol, pantalon, corsage col Claudine, de ceux qu'on a plaisir à laisser un homme déboutonner, mais pas cette fois, uniforme strict vu qu'une visite de témoin est au programme. Un dossier à se mettre sous le bras pour compléter le déguisement et elle pense à envoyer un SMS à papa Gabriel. Tout va bien et il va être jaloux et les filles de la Sainte-Scolasse aussi : aujourd'hui elle va visiter Cinecittà, là où sont nés beaucoup des films de collection parmi leurs préférés diffusés sur la télé du bistrot : *Cléopâtre*, la fameuse *Dolce Vita*, *Le Parrain épisode 3*... Elle envoie avec des bisous à tous et toutes.

Et elle est prête à cogner à l'huis de Caroline. Laquelle est prête aussi, en robe ample, sans manches ni ceinture, longue à mi mollet, qu'on ne voie pas ses formes à se damner dessous, foulard autour du cou, lunettes de soleil grande taille sur le bout du nez. Séduisante comme une nonne défroquée, juste capable de porter des nippes comme au couvent. Elle a téléphoné à Schiavone qui les attend. Un espresso bien serré, encore une grimace de Gabriella et elles sortent.

La signora Schiavone n'habite pas très loin, via Annia, une petite rue derrière le Colisée. Elles prennent un bout de la fréquentée via Arenula, puis lungotevere dei Cenci, le long du Tibre, pour remonter vers le Colisée par la via dei Cerchi et celle di San Gregorio, pour se retrouver devant un immeuble miteux au milieu de la via Annia. Le trajet n'est pas vraiment une promenade, il y a de quoi se fatiguer le jarret dira Gabriella plus tard, mais elle n'a pas regardé le fleuve, ni même regardé avant de traverser, tant elle écoutait la sombre affaire racontée par Caroline.

– Ah, t'as pas lu Stendhal, ses *Chroniques italiennes* ? Moi si... Faut dire, je l'ai pas acheté, je lis pas plus que toi, mais je vais lire le Pavese que tu m'as offert. Le Stendhal, de mon temps au Baccano, un client l'a oublié sur sa table... Alors, ce livre tu peux croire que je l'ai lu et relu, des nuits de long, à attendre Diogenes... Quelle histoire, véridique même...

Celle, au 16ème siècle d'un homme très fortuné, François Cenci, pervers qu'on ne peut pas y croire. Il était copain comme pas deux avec le Pape Buon Compagni le bien nommé. Un obsédé sexuel qui a commencé par expédier ses fils en Espagne et leur couper les vivres. Ils ont dû mendier pour revenir à Rome et se plaindre au Pape pour obtenir une pension. Á part ça il pouvait faire des heures de cheval pour aller trousser une pauvrette. Il montrait l'église et le tombeau familial, bâtis dans son palais sur son argent, et disait à propos de ses fils : « C'est là que je veux les mettre ». Le pire : quand sa fille Beatrix est devenue une belle jeune femme il s'est promené, nu avec elle dans son palais devant son épouse Lucrèce et a fini par la violer. Alors les femmes se sont unies, elles ont payé un assassin, appelé sicaire dans les récits d'époque, et pendant son sommeil elles lui ont enfoncé un clou dans l'œil...

— Eh ben tu me croiras pas mais la justice papale les a condamnées à mort. Cette affaire, qui s'est passée pas loin d'ici, j'en ai rêvé au point d'aller mieux me renseigner dans les bibliothèques. Stendhal, j'ai compris, a fait des choix dans tous ces récits d'époque et moi peut-être que je mélange tout pour faire ma version... Tu sais à cause du nom j'ai osé entrer dans la libreria Stendhal, piazza San Luigi, et parler avec Marie-Eve... Stendhal a vécu à Rome et il a même, je crois, été consul de France à Civitavecchia...

Elle termine juste quand il leur faut monter au dernier étage chez la donna Schiavone. Gabriella invite d'un geste Caroline à la précéder dans l'escalier :

— C'est comme si tu m'avais fait visiter un monument vivant... Merci...

Là-haut, sur un palier triste, parmi des odeurs frelatées, plats en train de mijoter, relents de parfum canaille, odeur de chien aussi, elles ont à peine effleuré la porte du fond qu'on leur ouvre. Une dame, quarante ans, elles connaissent son âge, rousse, sourire commerçant, un peu potelée, habillée presque gala, haut à paillettes rouges, jupe de daim un peu juste, et le maquillage en rapport. Elle les fait entrer dans la vaste pièce en soupente et asseoir sur un canapé pendant que Caroline fait les présentations, explique leur démarche, laisse Gabriella exhiber sa fausse carte d'une geste preste désormais familier. Rosalia Schiavone s'est assise sur une chaise tirée du coin cuisine. La chambre et la salle de bain sont ouvertes, parce qu'on ne peut pas en fermer la porte parce qu'elles débordent de cartons bourrés de marchandises diverses. Dans le living où elles sont, reste à peine la place de bouger parmi les caisses de lunettes de soleil, de bobs avec ROMA imprimé devant, de ponchos de pluie en plastique bleu transparent, des bricoles souvenirs aussi, des Colisées miniatures sous boule de verre, des fanions, des écharpes, des plans de la ville, des stylos avec la louve gravée, Romulus et Remus à ses mamelles…

Rosalia parle un peu français, pas lourd, mais assez pour son commerce comme l'anglais et l'allemand, pas le néerlandais non, troppo avari, questi olendesi, mancia mai… [47] Elle vend entre Colisée et forums impériaux, à pied, son bataclan à l'épaule, ceci ou cela suivant la saison. Le jour de la petite, elle revenait d'un examen chez un médecin. Cancer du sein ou pas. Cancer. Soigné depuis un an. Ceci posé, Gabriella lui donne une copie de sa déposition, le temps qu'elle se relise. Ensuite elle vérifie, essaie de croiser les observations avec celles des autres témoins. Caroline traduit : jamais vu de lambeau de la robe de Demetria ? Non. Á bien y penser non. Pour la voiture, puisqu'elle note une voiture, se souvient-elle de sa couleur ? Non. Pas noire ? Possible. Ce jour où elle avait appris son cancer tout était noir. Modèle de l'auto ? Rosalia n'a jamais possédé de voiture, alors les marques... Quand même il lui revient quelque chose : la fillette était assise sur le rebord de pierre de la vitrine et elle faisait coucou à toutes les autos qui passaient, elles ne peuvent pas rouler vite via del Corso et d'un coup elle s'est levée, a couru vers une qui s'était arrêtée, sûrement un qui voulait demander sa route, repartie presque aussitôt, rien à faire de la gamine qui a peut-être voulu continuer à suivre cette auto, qu'elle a juste eu le temps d'un au revoir et si je peux me permettre, c'est à elle qu'on a dit au revoir, paf, une autre auto, celle que vous me dites qu'elle était noire, l'a projetée sur la pierre où elle était assise une minute avant. L'autre voiture, celle qui s'était arrêtée une seconde pas plus, était bleue. Ou grise, ou vert pâle, dans ces tons-là. Attendez, je me souviens : c'était une auto comme dans les séries télé américaines, vous savez, avec deux portières mais une petite benne derrière...

Gabriella suggère :

— Un Pick-up ?

— Voilà ! Mais ma parole sur les autos n'est pas parole d'évangile... Même si pense pas me tromper sur le modèle... La couleur, ça... Faut dire, j'avais le cœur à rien après le médecin... Et que c'était un écart voulu pour faucher l'enfant, vous en êtes sûres ? J'ai rien vu, che vergogna... [48] Je suis juste restée à regarder la mère hurler son chagrin. J'avais pas la force de plus et les flics, vous êtes arrivés et j'ai dit et signé ce papier, enfin l'original... Et maintenant ce serait un crime ? Mais qui tuerait une fillette ?

Caroline baisse la tête, traduit d'une voix étranglée, Gabriella voit son trouble, ne peut pas s'empêcher :

— Qualcuno come François Cenci... [49]

Rosalia en reste baba, bredouille :

— Non cognosco questo uomo... [50]

Et elle ouvre les bras. Voilà, elle ne se souvient de rien de plus par rapport à ce qu'elle a signé ce jour sombre. Là il va falloir qu'elle aille à l'hôpital San Giovanni. Á côté il y a la basilique San Giovanni in Laterano, le curé est un saint, il fait des banquets pour les pauvres dans la nef, elle aime bien y prier quand elle va en consultation pour son cancer.

Elle leur ouvre déjà la porte, reste un instant à barrer le seuil :

— Et pourquoi, surtout, pourquoi cet acte barbare...?

Et au moment où Gabriella sort, Rosalia lui donne un bracelet en métal moche avec un petit pendentif : la louve qui a nourri les fondateurs de Rome :

— Benvenuta a Roma... In bocca al lupo a lei... [51]

Une fois en bas, Caroline attrape Gabriella par le bras :

— Un élément essentiel en plus : une voiture s'est arrêtée une seconde et Demetria a voulu s'approcher...! Et c'est un Pick-up ! Est-ce qu'elle connaissait le conducteur. Pas sûr. Elle voulait faire des bisous à tout le monde... En tout cas un Pick-up dans les tons de bleu... Et Demetria a couru vers lui mais il avait redémarré quand la petite a été fauchée par l'autre, la noire.

Gabriella acquiesce et glisse le bracelet de pacotille à son poignet droit. Faut appeler Barberini, faire le point.

Parce que là on tient du solide... Caroline s'en charge. Avant qu'elles ne se séparent, Gabriella ose suggérer à Caroline : Diogenes n'aurait pas une voiture bleue, ou verte ? Demetria aurait couru vers son père qui lui disait au revoir avant de quitter Rome ? Caroline secoue la tête : Diogenes n'avait pas de voiture. Dont acte. Et elle s'éloigne déjà, à tout à l'heure, elle ne quitte pas chez elle...

Gabriella sort son téléphone. Elle va donner rendez-vous à Renato, ils grignoteront à Cinecittà si possible, visiteront et Gabriella va essayer d'embobiner son guide, d'entrer dans les secrets de la bande. Ensuite elle rentre retrouver Caroline, elles s'habillent comme prévu, en allumeuses dorées sur tranches et vont visiter le premier garagiste de la liste suspect de cachotteries... Et elle crie vers Caroline qui répond de loin : c'est quelle station de métro Cinecittà ?

— Cinecittà... Pas à se tromper.

Renato, patiente devant les grilles des fameux studios de cinéma quand Gabriella remonte du métro, juste devant. Il est plus laid encore en plein soleil, mais d'une mocheté naturelle, on peut dire présentable. Il ne bouge pas, attend le bisou de Gabriella, voilà c'est fait, il sent l'après-rasage bon marché. Et Gabriella voit bien qu'il lorgne sur sa dégaine de fonctionnaire coincée. Pas une tenue de femme fatale, il s'en faut. Lui arbore, la tenue du guide revenu de toutes les visites et rien à faire des élégances... Il propose, ça tombe à pic, d'entrer à la cafeteria, de casser une petite graine, il est tout content de connaître l'expression. Juste de quoi satisfaire la petite fringale de Gabriella.

Ils entrent, Renato exhibe son habilitation et il laisse Gabriella pénétrer avant lui dans l'usine des rêves. Pendant qu'elle suit un chemin à travers une immense pelouse, vers les bâtiments là-bas et des pins, il précise : studios inaugurés en 37 par Mussolini. Á mettre à son actif, si on oublie le reste de son œuvre politique.

Et ainsi, ils passent à côté d'un petit carrosse tourmenté, blanc, rococo au possible, un élément d'une turquinade, croit comprendre Gabriella. Déjà, elle sait qu'elle entre dans la légende vive de Rome, aussi essentielle à l'âme de la ville que les monuments antiques, les ruines. Ici sont les ruines du présent et... Mais Renato l'entraîne vers la cafeteria... Il prend en charge un groupe d'Américains à seize heures, ici, Dieu merci, mais faut pas traîner.

Alors ils avalent des panini chauds dans le brouhaha des touristes ravis de s'interpeller, d'exhiber leurs achats à la boutique de souvenirs, sets de table, cartes postales, stylos, mugs... Rosalia, avec ses misères pas chères, ne pourrait pas s'aligner... Et Gabriella caresse à son poignet le bracelet et la louve. Dans ce capharnaüm, entre deux bouchées, elle tâche aussi de brancher Renato sur Diogenes, doit hausser la voix, répéter :

— Je repense à ce Diogenes que connaît mon ami Massimo...

Renato paraît n'avoir pas entendu parmi le brouhaha des visiteurs. Gabriella s'obstine :

— Je disais : votre copain Diogenes, disparaître du jour au lendemain... Il avait peur de quelqu'un, de la Police ?

Là elle crie presque :

— Non, je dis : il a fui la Police ? Et abandonné plein de femmes amoureuses de lui ? Il n'était pas marié ?

Elle a posé la question pendant un blanc soudain et bref des conversations à casser les oreilles, comme si on comprenait son importance. Renato est presque contraint de répondre :

— Pas marié mais il vivait avec une Française, je crois, elle a même servi au restaurant du Baccano… Elle ne se mélangeait pas, on dit ainsi, « se mélanger » ? Diogenes faisait l'étranger avec elle…

Le fracas des voix reprend à ce moment et Renato doit presque hurler pour ajouter :

— Il me semble qu'ils ont une fille. Petite. Jamais vue. Pour elle et la femme, je ne sais plus rien depuis un an…

Et plus bas, pour pouvoir parler à Gabriella joue contre joue et poser par mégarde une main sur son sein droit :

— En avant pour la tournée des mirages… Á cette heure il y a moins de monde à vouloir traîner parmi les souvenirs d'illusions.

D'abord Renato amène Gabriella au teatro cinque, le lieu mythique où Fellini a tourné quelques chefs d'œuvre. Il énumère *Les nuits de Cabiria*, *E la nave va*, *Fellini Roma*, *Ginger et Fred*… Le lieu pourrait être décevant. Un vaste hangar avec les bruits de marteaux de deux machinistes occupés à démonter un bout de structure tubulaire. Mais Gabriella a fermé les yeux. A la Sainte-Scolasse ils ont souvent visionné ces films. Papa Gabriel raffole de Fellini. Elle revoit *Cabiria*, Giulietta Masina, prostituée naïve, simplette. Au moment où, sur la table d'une trattoria, elle montre son pécule à François Périer, Oscar, dont elle est amoureuse. Il ne dit rien mais relève ses lunettes de soleil pour mieux voir. On comprend alors, qu'il n'en veut qu'à l'argent de Cabiria…

Et la visite continue. Ils croisent des groupes en short et chaussures de marche, presque en tenue de safari, derrière un guide qui brandit un fanion : qui l'aime le suive ! Il débite des explications que seuls, deux ou trois écoutent. Parfois un guide s'occupe d'un seul visiteur. Renato le fait aussi, à l'occasion, uniquement avec des femmes. Gabriella, tant qu'elle est à Rome, devrait en faire autant avec des hommes, des Français. Il peut lui faire visiter quelques sites faciles à commenter et lui donner quelques fiches à potasser. De toute façon, si elle se débrouille bien, ils ne feront que la regarder, elle. Tiens, Amelia est une spécialiste de l'embobinage du client. Possible qu'elle paie de sa personne mais elle reçoit de gros pourboires.

Ils sont arrivés dans une partie où les décors, des bâtiments antiques, temples, colonnades, murailles, portiques et Arcs de triomphe, même le pavage des rues et places, restent en place. Après avoir remonté deux mille ans, déambulé dans l'autrefois de César, de Livie, de Néron, de Sénèque et de Pétrone dont Fellini a adapté le *Satyricon* ici même, après avoir aboli le présent. Gabriella s'adosse derrière le portique d'une longue galerie, à l'ombre. Renato la rejoint et l'entreprend aussitôt, la pelote, cherche ses lèvres, tente de glisser une main dans son pantalon… Qu'elle ne dise pas qu'elle n'a pas envie, l'envie on s'en fout, il en a sauté des clientes ici. Elles se débattaient un peu et finissaient par en redemander…

— Eh ben pas moi…

Elle le repousse violemment en profite :

— Diogenes, l'Apollon des guides était aussi brutal que toi ? Tu crois qu'il se fait entretenir par une femme, une riche étrangère peut-être, ailleurs qu'à Rome ?

Renato fait la tête :

— Possible. Amelia attend le pigeon à épouser, elle ne s'en cache pas. Elle peut, elle est jeune, belle…

Et il passe dans un autre secteur permanent, campagnard, ou médiéval, avec des maisons très modestes, des ruelles plus sales encore sous le soleil. Quand ils arrivent devant une vaste plaine, à peine une cuvette de plusieurs hectares, nue, aride, avec là-bas tout au fond, passée la clôture des studios, une rue de la Rome d'aujourd'hui, des immeubles, Renato demande à Gabriella quel film on a tourné là. Gabriella ne sait pas, mais elle tombe des nues quand Renato donne la réponse : *Gangs of New York* ! Scorcese y a reconstitué un quartier de New York et son port ! Gabriella en reste baba, les mains aux hanches, non elle n'y croit pas. Renato réplique que *Ben Hur* et *Cléopâtre*, tournés ici, n'étaient pas non plus des films d'appartement... Bon, Gabriella dit d'accord, ici est un lieu où le temps n'existe pas, on le fabrique comme une fiction. Aussitôt, pour maintenir le contact, parce que Renato, déclare que c'est tout, il n'y a plus rien à voir, sauf peut-être l'expo de costumes et d'accessoires, au petit musée, de toute façon faut retourner à l'entrée, pour retrouver la confiance de Renato, Gabriella demande, avec la moue d'une fillette capricieuse :

— Ce soir, tu seras au Baccano, oui ? Alors si tu peux m'apporter quelques fiches...

Et elle se force à l'embrasser. Il sent le panino et la bière.

Dans le premier bâtiment, devant la pelouse immense, Renato suit en silence Gabriella, la laisse regarder les photos d'acteurs, de Toto, d'Isabelle Corey, de Deborah Kerr, elle découvre les vitrines avec des accessoires façon Egypte époque Cléopâtre, des costumes, des robes, surtout celle portée par Liz Taylor dans *La mégère apprivoisée*. Et Gabriella est soudain sûre que Liz habite encore cette robe, pas comme un fantôme mais comme la présence éternelle de l'actrice à travers un personnage qui ne mourra jamais. Au moment où elle se retourne dire son plaisir à Renato elle voit un mouvement dans le labyrinthe de l'expo, la fuite, vite, d'une silhouette, d'un visage, et elle est sûre d'avoir reconnu le jeunot du taxi. Elle se précipite, court à la porte... Personne... Pourtant elle n'a pas rêvé... Elle rebrousse chemin, comprend qu'on peut quitter cette partie musée par l'autre bout, vers la cafeteria et les boutiques... Elle revient à Renato, resté immobile devant les cavalcades de Gabriella.

— Merci pour cette visite, Renato. Comment on dit ? Plutôt cette initiation. J'ai compris que cette ville n'a de vie, de cœur battant seulement parce que l'antiquité et les mirages du cinéma se complètent, la font exister. Anna Magnani est aussi vivante que Jules César... Non ici le temps n'existe pas. Maintenant je te laisse travailler, je dois retrouver Massimo... A ce soir...

Re-métro pour Gabriella. Peu de monde. Elle pense que les Romains sont des gens d'air libre. Elle descend à la station Colosseo, prend la via dei Fori Imperiali, longe la machine à écrire et remonte le corso Vittorio. Elle est maintenant en terrain connu. Zone de la Torre Argentina, les minous, et elle est chez elle. Caroline devait la guetter parce qu'elle est sur son seuil, nippée comme convenu et, c'est nouveau, presque à rougir d'afficher ses charmes. Elle porte son éternelle robe très courte qui tient accrochée à ses mamelons, presque transparente, qu'on lui voit la moindre dentelle du string.

Pendant que Gabriella s'habille en tentatrice, elle raconte son chou blanc ou presque à Cinecittà avec Renato. Et dit son intention de balancer une boule dans le jeu de quilles ce soir au Baccano. Elle se choisit un haut blanc, décolleté au nombril, un pousse au crime de soirée, et une mini-jupe de satin noir qui empêche de se pencher en avant sous peine de... Talons hauts pour les deux. Le petit sac avec le cran d'arrêt, les clés de la Maserati, la liste de Barberini. Au fait il dit quoi monsieur le policier ? Rien de neuf. Pas eu beaucoup de temps pour voir d'autres garages. Il compte sur elles. Caroline lui a assuré qu'elles avaient retenu son petit scénario, recommandation d'une amie, séduction, pour identifier peut-être l'auteur des réparations au pare-chocs d'une voiture noire, celle de l'ami ou de son mari, voilà un an... Donc celle de l'assassin...

Elles se mettent en route. Pas une sinécure d'aller jusqu'au palais sur leurs stilettos et sous les regards des messieurs, de ne pas répondre va te faire foutre à quelques propositions précises. Elles prennent le pont Sant Angelo devant le castel du même nom et construit au même moment, Caroline ne sait plus exactement quand, mais à l'époque d'Hadrien, après Jésus-Christ, c'est logique. Elle a le temps d'expliquer que cette sorte de forteresse ronde est le mausolée de l'empereur Hadrien et des siens, devenu tout et rien par la suite, prison, résidence du Pape... Elles longent le Tibre, cent mètres, tournent via Vulpiana, le gardien, l'œil allumé, les laisse monter dans la Maserati, oui il dottore Agostini a prévenu, mais pas qui viendrait... Et il sort de sa guérite pour les voir sortir du parking après avoir pas mal dégonflé un des pneus...

L'adresse situe le garage Petrinelli vers le Trastevere et la piazza San Cosimato. Elles reviendront dans le coin pour leur dernier témoin à réinterroger, l'employé municipal... Pour l'heure elles stoppent devant un atelier grand ouvert, descendent de voiture avec le souci que le patron, en combinaison bleue maculée, zyeute d'abord l'auto puis les culs des deux jolies femmes penchées sur la roue avant gauche. Et demande ce qu'il peut pour ces dames. Au fond, le mécano, un jeune noir de cambouis est sorti de la fosse à vidange. Lui non plus ne perd rien de ce spectacle parfumé... Caroline lui sourit, pas bégueule devant un crasseux pareil, répond au chef, suit à la lettre le numéro inventé par Barberini. Qu'une de leurs amies a été dépannée ici ça fera un an la veille de ferragosto... Elle a été ravie qu'on la dépanne sur l'instant. Un problème de pare-chocs, un problema di paraurti... Il se souvient ? Non ? Une voiture noire, la marque elle ne la connaît pas, pas une sportive, une, une, ah, vraiment elle ne sait plus... Non, vous ne vous souvenez pas...? Elles, c'est juste un pneu qui se dégonfle... Si on pouvait regarder... Et elle désigne le pneu presque à plat... Et puis... Elle vient prendre Petrinelli par la manche, son amie qui est là est française, elle vient souvent à Rome et voudrait circuler en Ferrari, ou Lamborghini, ou Maserati, comme elle... Elle s'est tournée vers Gabriella qui s'incline, façon de dire, qu'elle fait confiance à Caroline et hop là, vue sur le paysage de sa poitrine... Caroline continue, d'après leur amie au pare-chocs, il serait possible d'acquérir une auto de ce « calibre » un peu en coulisses des grandes concessions, une auto d'occasion sans passé... Est-ce que ça peut se faire ? Son ami est prête à monter jusqu'à trente mille euros... Petrinelli ôte la main de Caroline de sa manche :

— Rubata. No. Mai. [52]

Et il tourne les talons, adresse quelques mots à son mécano qui vient examiner le pneu et ce qu'il peut des jolies anatomies des filles accroupies à ses côtés. Il parle à Caroline. Non le patron ne fait pas dans les voitures volées. Mais des pièces presque neuves pour voitures de luxe, oui le patron a un filon. Et c'est lui Marco qui s'en occupe. Contre un pourcentage.

A part ça leur pneu est intact. Il va le regonfler voilà

tout. Il déroule le tuyau d'air comprimé. Voilà... Rien de grave. Mais peut-être qu'il faut s'occuper des freins. Peut-être aussi la courroie... Là il aurait ce qu'il faut, pas cher. Avec un petit câlin en prime. Il a regardé Caroline en face, pose une main sale sur sa cuisse et s'arrête devant le cran d'arrêt juste montré par Gabriella. Il se relève lentement, les bras écartés du corps, grommelle des malédictions, qu'il est tombé sur des putes, qu'elles crèvent de maladie, éliminées par un maquereau, pendant que les filles remontent en voiture, démarrent.

Bilan par Gabriella : Barberini a eu du flair, Petrinelli traficote. Et donc il enfreint la loi, fait prendre un risque aux conducteurs qu'il renvoie sur les routes avec des pièces peut-être défaillantes. Mais la réparation du pare-chocs c'est pas lui. A Barberini de décider des suites en connaissance de cause. Maintenant on va attendre Massimo devant le palais. Il ne devrait pas tarder.

Massimo, costume de lin indigo est même en avance : une audience menée au galop par le président. Gabriella passe sur le siège arrière, qu'il prenne le volant, et sa main un instant sur la cuisse nue de Caroline ne lui échappe pas. Il se tourne à demi vers Gabriella, revient à Caroline :

— Vous êtes irrésistibles ! Mais vous n'allez pas au Baccano dans cette tenue ? Si ?

Caroline tire un peu sur son décolleté, par réflexe :

— Tu me déposes, Gabriella se change si elle veut. Moi je vous attends chez moi... Je ne peux toujours pas courir le risque qu'un des anciens copains de Diogenes me reconnaisse...

Ainsi est fait. Massimo attend chez Caroline que Gabriella se fasse présentable, selon son expression.

Qu'il modifie sa « façon de parler, pas présentable partout... ». Elle a gardé son haut très décolleté, et passé une jupe crayon de soie rouge, fendue à mi-cuisse. Elle ouvre les bras :

— Faut bien les distraire si on veut qu'ils ne se méfient pas...

Et elle ajoute pour Caroline, avant de faire un clin d'œil à Massimo :

— Décidément, cette robe me va, mmmm...!

Massimo lève les yeux au ciel.

Dans la Maserati, Gabriella fait le point sur leur journée, Rosalia Schiavone, Cinecittà, le garage Petrinelli... Et tout à trac :

— C'est quoi ta relation avec le jeunot, le taxi, qui veut ma mort ? Tu as mis un contrat sur ma tête ? Pourquoi ? Qu'est-ce que je t'ai fait ? Je t'ai vu lui donner de l'argent l'autre soir...

Massimo reste impassible :

— Rien à voir avec toi. C'est un de mes contacts. Avec cet argent il doit persuader une femme qu'il connaît de témoigner dans une affaire que je plaide.

Ben voyons. Gabriella est presque étonnée de son aplomb à mentir, lui servir des craques évidentes. Mais laissons venir, il arrivera bien un moment où...

Et ils sont arrivés. Massimo se gare pas loin du Baccano toujours bondé, côté restaurant et côté bar, où leur entrée, peut-être aussi le décolleté de Gabriella, provoque des cris dans la petite bande installée en désordre à son coin de comptoir habituel. Alcools divers, fruits de mer, pizza... Et bisous, mains serrées, claques dans le dos, caresses volées... Gabriella s'aperçoit que tout le monde n'est pas là ce soir. Même si Antonella, la brunette aux larges hanches, déboule à l'instant, en robe d'été canari, un rien essoufflée, bisoute Massimo, s'accroche à lui :

— C'est à toi la Quattroporte rouge 1999 ? Putain de bagnole ! Mon rêve ! Je suis folle de vieilles autos de sport ! J'étais au bord de la via Minghetti, je préfère passer par là, moins de monde, et je vous ai vus vous garer... Ahlàlà, le plaisir d'écouter le moteur, ça doit être comme une symphonie, non ? Tu m'emmèneras faire un tour ?

Renato a traduit à l'oreille de Gabriella qui regarde Massimo rire et embrasser le front d'Antonella :

— Sicuro... Si...[53]

Pas la peine de traduire, il va lui faire voir du paysage, ce comédien... La jeune femme bat des mains, abandonne Massimo, fait valser son habilitation sur sa poitrine, appelle Ottavio le barman, un spritz, elle voudrait un spritz et une douzaine d'huîtres... Et elle dit encore quelques mots sur la macchina rossa... « Voiture rouge », ce qui fait clic dans l'esprit de Gabriella... « Voiture rouge »... Sans réfléchir, elle lance à la cantonnade :

— Eh ben moi je préfère les autos bleues... Quelqu'un ici en possède une ? Je ferais bien un tour de Rome, ses monuments, ses églises, en auto bleue... Et si, pour tout de suite on voulait me commander un rhum, toujours un Zacapa... Il en buvait votre ami amateur de rhum, Diomachin...?

Massimo épie les réactions à la voiture bleue, les échanges, les moues qui disent non je sais pas, les rigolades aux préférences de Diogenes pour du rhum bon marché. Il doit s'avouer que les questions de Gabriella viennent à propos sur le tapis, écoute la traduction sommaire de Renato, non le Zacapa n'était pas dans les moyens de Diogenes et personne n'a de voiture bleue. On secoue la tête non, personne, nessuno... Jusqu'à ce qu'Alberto, un costaud, lève les deux mains, fasse taire l'assemblée :

— Vous oubliez la deuxième voiture de Sergio ! Il est pas là ce soir mais vous lui avez tous demandé qu'il vous prête au moins une fois son vieux Pick-up Ford, pour trimballer du volumineux, déménager... Vous avez oublié quand ? Moi aussi, mais je me souviens bien de sa couleur : ce Pick-up est bleu indigo ! Dites-moi le contraire...! Comme la jupe de Gabriella est rouge mais ça vous vous en souviendrez...

Massimo a pris le relais de Renato, finit de traduire dans les hurlements du groupe, dans une cacophonie de « c'est vrai, ha ragione... » [54]. Il croise le regard de Gabriella qui se tait, lui chuchote à l'oreille : maintenant on est sûrs. C'est le Pick-up de Sergio qui s'est arrêté devant la boutique mais avec qui au volant ? Et pourquoi Demetria a couru vers ce Pick-up ?

Puis il ose, en italien :

— Sûr qu'il est pas noir ce Pick-up ?

Là, c'est le total chaos, personne ne semble aimer le noir dans l'assemblée, et tous n'ont pas d'auto, Gabriella tripote son bracelet en toc, comprend à demi-mot, à peu près ce que dit chacun, fait le rapport comme Massimo avec ce qu'a révélé Rosalia ce matin... Jusqu'à ce que les esprits s'apaisent, qu'on avale quelque chose, commande une autre tournée. Et qu'arrivent Silvana et Amelia, presque ensemble, à trente secondes d'intervalle, Silvana comme un cyclone, Amelia, souriante et calme. Mais toutes deux magnifiques. Silvana ne perd pas un instant, commande un bourbon, s'adosse au comptoir, en robe portefeuille noire, prend des mines de conspiratrice, et on fait cercle autour d'elle :

— Alfonso m'a quittée. Un salaud à qui j'ai tout appris, y compris au lit ! Je lui payais des salaires de nabab, j'étais toujours disponible n'importe où il avait envie, et il ouvre sa propre agence, avec les mêmes sites antiques couverts, les mêmes musées. Il me vole ! mais ça ne va pas se passer comme ça ! Je vais lui trouver un remplaçant ! Et d'abord on va faire une fête, una festa... J'en ai besoin ! Une festa travestita !

Avec douceur, Renato vient la prendre dans ses bras et elle croit qu'il veut l'embrasser là, sur le champ, elle tend déjà les lèvres, entrouvre la bouche, s'abandonne... Mais il dit, articule avec lenteur. Massimo traduit :

— J'ai une meilleure idée... Vous connaissez tous le film *Ieri, oggi, domani, Hier, aujourd'hui demain* avec Sophia Loren et Marcello Mastroianni ? Non ? Pas grave on s'en fout... Un des sketches a été tourné dans un appartement au bout de la piazza Navona. Par une bonne cliente, je peux en avoir les clefs. Je ne vous dis qu'une chose : c'est le seul moment où Sophia Loren fait un strip-tease à l'écran... Alors on peut refaire une prise avec les volontaires parmi ces dames... Et ainsi on élira la plus belle des guides... Je vous tiens au courant de la date...

Silvana fait des sauts de cabri, commence à danser lascivement sur place, Antonella, Monica, lèvent la main, elles en seront. Jusqu'à Amelia, la plus jeune, qui se borne à dire qu'elle fera de son mieux, mais pas sûr ce week-end, elle doit s'absenter, et provoque des sifflements. Et là les hommes, interrogatifs, regardent Gabriella qui ne se dégonfle pas et lève la main. Applaudissements, reproches tout bas de Massimo à quoi Gabriella répond :

— Tu jouiras du spectacle...

Là-dessus, Renato vient à Gabriella, la tire à l'écart, fouille ses poches, lui tend une fiche cartonnée et une feuille d'habilitation vierge comme guide officiel, avec la poche transparente et le ruban à mettre autour du cou :

— Tu as rendez-vous avec un Français, monsieur Auber, à neuf heures. Pour commenter le foro romano. Tu remplis l'accréditation, tu apprends la leçon. Après, tu sais comment faire pour tirer de l'argent à monsieur Auber…

Gabriella n'en revient pas, retourne interrompre une conversation assez intime entre Amelia et Massimo. Pas jalouse mais quand même… Faut rentrer, elle a du boulot…

Dans la voiture, elle lui explique, sans attendre qu'il démarre, son demain matin, que c'est une façon de creuser encore dans la bande, de voir enfin ce Sergio, lui demander à qui il a prêté son Pick-up la veille de ferragosto, s'il se souvient… Pendant que Massimo lui demande sans cesse si elle a vraiment l'intention de faire un numéro jusqu'au nu intégral pour ces gugusses… Et elle finit par dire : oui, t'es jaloux, ça te gêne ? Caroline le ferait si ça permettait de confondre le meurtrier de Demetria.

Quand ils arrivent, Caroline, toujours en tenue provocante, a déjà ouvert sa porte et attend, debout devant la relique de robe épinglée au mur. Elle se ronge les ongles :

— Alors ?

Gabriella regarde Massimo, esquisse un petit geste du menton, l'air de dire, allez, fais-lui ce cadeau de lui apprendre notre découverte de la soirée. Il va prendre Caroline aux épaules et, presque en confidence :

— On sait qui est le propriétaire du Pick-up bleu indigo. Un nommé Sergio, absent du Baccano pour l'instant. Guide habilité. C'est son deuxième véhicule. Il le prête sans arrêt aux autres guides… On n'est plus loin de savoir vers qui Demetria a couru… Reste à comprendre le lien avec la voiture noire, celle qui a percuté en toute conscience la petite... On y arrivera...

Et il la prend contre lui, lui embrasse les cheveux et elle pleure, sans démonstration inutile, juste les larmes qui coulent... Gabriella recule, prête à rentrer chez elle réviser son forum romain. Jouer les guides est aussi l'occasion de visiter enfin un lieu légendaire, de garder le contact avec Renato pour remonter à Sergio, le persuader d'être à cette festa dans l'appartement Piazza Navona, mettre tout sur la table et espérer des indignations, des affrontements, d'anciennes querelles vidées, un règlement de comptes dans le groupe d'où viendra le nom du ou des coupables... Et sans le faire exprès, elle parle du strip-tease de Sophia Loren dans le film, précise que des femmes l'imiteront... Caroline relève la tête, essuie ses larmes :

— Tu en feras un, toi...? Tu seras nue à la fin ?

— Oui. Si nécessaire, peut-être...

— Alors moi aussi.

— Comme tu veux. Demain matin j'ai une visite comme guide, un arrangement avec Renato. Quand je rentre, on fait le point et on visite deux témoins dans l'après-midi...

Caroline fait oui de la tête. Massimo a eu une sorte de haut-le-corps. Commence à soupirer, à chuchoter mais Gabriella est déjà sur le palier, referme la porte derrière elle, file se plonger dans la fiche des forums. En italien ! Alors elle ouvre son guide en français et apprend l'essentiel, avec l'idée d'inventer une ou deux anecdotes invérifiables pour faire très professionnelle.

Á une heure du matin, prête pour tout à l'heure, en tenue de nuit, elle jette un œil à par la fenêtre. La Maserati de Massimo est toujours garée dans la rue.

Jour 7. Jeudi

Au matin, la Maserati n'est plus là et Caroline est déjà en tenue d'interprète, bien correcte. Barberini à midi à la Carbo pour mettre les infos en commun et bien définir la suite. Puis visite chez Brighelli Ruggero, surveillant au musée capitolin... Massimo appellera s'il a du temps, s'il réussit à boucler l'étude de dossiers importants...

Caroline a baissé les yeux sur la dernière phrase et Gabriella l'embrasse, n'aie pas honte de commencer une autre vie avec lui, elle, il lui faut vite filer au rendez-vous avec Renato. Il l'attend aux guichets d'accès au forum romain sous un soleil de forge ouverte, à côté d'un petit monsieur entre deux âges, dégarni, pantalon de toile écrue à pli, chemisette blanche, lunettes rondes. Monsieur Auber est instituteur en retraite. Gabriella porte une robe longue, épaules nues, mais nouée au cou, très bien élevée. Renato fait les présentations, explique que monsieur Auber est entre de bonnes mains, voilà son ticket, et bonne visite ! Gabriella sourit et rassemble sa documentation mentale, toute la mémoire des lectures de cette nuit.

D'abord mettre le touriste en confiance : d'où vient monsieur Auber. De Lille. Belle ville, Gabriella n'y est jamais allée... Parce qu'il n'y a pas de ruines romaines, ahahaah...!

— Mais nous voici sur la via sacra... Elle va jusqu'à la colline du Capitole... Les Champs Elysées de la Rome antique... Les triomphes de généraux vainqueurs se célébraient ici.

Elle amène monsieur l'instituteur à l'autre voie qui

traverse le forum, la via Nova, pointe du doigt les restes des monuments antiques, le temple des Dioscures, Castor et Pollux, celui d'Antonin et Faustine, transformé en église vers 700 après J.-C., celui de Romulus... Monsieur Auber écoute attentivement, prend des photos, questionne, et là cet emplacement presque vide...?

Gabriella déroule en silence sa documentation, essaie de ne pas remuer les lèvres pendant qu'elle tâche de se souvenir, explique soudain, de façon très lapidaire :

— Ah, çà...! C'est tout ce qui reste de la basilica Giulia... Un tribunal en fait, avec des magistrats...

En même temps elle est ravie de déambuler dans une chaleur à crever, parmi les groupes de visiteurs à la queue leu leu derrière un fanion et un guide qui crie son commentaire sans s'arrêter devant aucun site. Parce qu'au bout du compte, la visite des lieux antiques, cette entrée de plain-pied dans la légende et l'histoire réunies, celle des enfants de la Louve et d'Enée, le prince qui a déposé ici une statue protectrice de la ville, cette visite nous fait remonter dans notre passé à nous tous, Européens parce que l'Empire romain, elle l'a lu, allait de l'écosse au Danube, à l'Afrique, et ici c'est l'endroit d'où nous venons tous, notre berceau. Elle en a des frissons malgré l'air vibrant de chaleur. Et elle s'arrête devant trois malheureuses colonnes, sûre de son effet sur monsieur Auber :

— Á votre avis, on est où ici ?

Monsieur Auber, la chemisette maintenant trempée de sueur, pas loin du coup de soleil sur le crâne, fait pfff avec les lèvres. Gabriella annonce, pompeuse :

— Ce sont les restes du temple de Vesta ! Et... avançons un peu, nous voilà dans la maison des vestales ! Savez-vous qui elles étaient ?

Monsieur Auber s'illumine :

— Des filles vierges à vie...!

— Pas exactement. Elles étaient six à entretenir pour la déesse Vesta le feu sacré volé aux dieux. Entrées dans ces lieux vers six ans, elles y restaient trente ans, avec obligation de demeurer vierges. Celle qui fautait était enterrée vivante. Alors vous pensez, séduire une vestale, même Casanova...!

Monsieur Auber rit à la blague, Gabriella continue. Elles restaient au service de Vesta pendant trente ans où elles avaient le droit de parader en ville, de se laisser admirer, tenaient le haut du pavé... Des aristocrates sacrées... Mais pas touche...! Et voici les restes de leur maison, très vaste autour d'une cour avec des bassins, avec deux étages...

— Maintenant j'aimerais vous montrer ce que je considère comme le plus troublant des monuments du forum...

Et elle l'entraîne pendant qu'il s'éponge avec son mouchoir, s'arrête devant un bâtiment de pierre qui paraît intact, construit au siècle dernier, avec un toit à deux pentes, un fronton, une porte robuste et trois fenêtres. Les groupes se pressent autour, les guides font assaut d'explications. L'un d'eux, son fanion de ralliement jaune en main, mentionne bien fort, en français, que César a été assassiné par Brutus ici même ! C'est dire que vous foulez le lieu où a coulé les sang de l'amant de Cléopâtre, du vainqueur de Vercingétorix, de celui qui a rétabli le titre d'empereur, d'imperator...

Le troupeau des ouailles s'extasie, ho et ha...

Mais Gabriella ne peut pas s'empêcher de mettre son grain de sel :

— La curie dite de César ! Ressuscitée sur ordre de Jules César en 52 av. J.-C. par César justement... Parce que les partisans de Clodius Pulcher, un sénateur démagogue, y avaient mis le feu pour brûler le cadavre de leur chef tué par Milon... César a été poignardé sur les marches de la curie de Pompée, on peut encore en voir un morceau sur la zone della Torre Argentina...

Monsieur Auber en reste baba, les touristes se sont tus, se disent ben ça alors, qui croire, la demoiselle a l'air bien au courant et nous on paie un ignorant...? Le guide au fanion jaune a viré au blême, allez messieurs dames, on retourne par-là, voir la magnifique basilique de Maxence. Au moment où il passe devant Gabriella, il prend juste le temps de lui dire, que lui aussi est français, et qu'elle n'est qu'une petite pute, au noir comme lui, une salope qui vend son cul à des vieux, monsieur Auber, son geste du pouce ne trompe pas, et de casser la baraque d'un collègue, qu'est-ce qu'on en a à foutre de la mort de César !

– Par contre tes miches, t'as intérêt à plus les promener dans le coin parce que tu le regretteras... Ou bien t'en redemanderas, ça m'étonnerait pas de toi...

Et il rejoint son troupeau. Gabriella l'a regardé, les poings aux hanches, l'œil rigolard. Monsieur Auber a entendu. Bon il a vu l'essentiel, madame Gabriella a été excellente, merci, merci... Maintenant il va aller se mettre à l'ombre d'une terrasse, avec une petite bière... Et il sort son portefeuille de sa poche revolver, tend des billets à Gabriella. Il est tout étonné qu'elle refuse. Elle est juste contente que monsieur Auber soit satisfait et elle gagne la sortie avec lui. Au passage, là tout près, elle lui a montré la Lapis Niger, la pierre noire, un bout de pierre carré conservé sous abri, tronqué, avec des inscriptions sur les quatre faces. En quel alphabet demande monsieur Auber. Gabriella, qui a bien appris sa leçon parle de caractères proches du grec archaïque, et qu'on ignore de quoi il est question... Un savant prétend que c'est l'interdiction pour les chevaux des sénateurs de faire caca devant la curie... C'est la plus vieille inscription romaine. Monsieur Auber éclate de rire... Et ils sont dans la via dei Fori Imperiali, avec les klaxons, les vapeurs d'essence, les bus, se serrent la main, l'instituteur encore à s'essuyer les yeux de son fou rire, du caca de cheval, je vous demande un peu... Gabriella l'abandonne... Au revoir. Si vous voulez une autre visite appelez Renato...

Et elle repart rejoindre Caroline. Déjà onze heures. Crénom, le temps passe à une vitesse... Penser à appeler Renato, essayer de le voir entre quat'zyeux, lui parler de la festa, il y aura qui ? Le fameux Sergio enfin...? Et qu'est-ce qui l'empêche de le joindre tout de suite, le plus laid des Romains mais aussi celui par qui la vérité peut arriver ? Renato décroche, pas le temps il est avec un groupe dans la Domus Aurea, la maison de Néron... Demain à quinze heures il Colosseo avec un petit couple français en voyage de noces, d'acc ? Rendez-vous devant le Colosseo... On se voit au Baccano ce soir... Et, le temps de rien pour Gabriella, il a raccroché. Ce matin reste le rendez-vous avec Barberini à midi... Ça va chauffer l'échange d'informations. Parce que Gabriella le sent, on approche du dénouement. Le fantôme de Demetria pourra quitter ce monde invisible toujours proche du nôtre, à nous donner envie de tourner la tête et écouter ses paroles derrière notre épaule.

Gabriella trouve Caroline prête au départ, déjà habillée en traductrice agréée. Robe bleu marine sans audaces et foulard autour du cou... Et ses larges lunettes de soleil. Gabriella se change à la va vite, tenue presque armée du salut, pas de maquillage. Ses dossiers, sa petite besace...

Et les voilà en chemin. Elles traversent le marché du campo, habillées sages, pas maquillées, chaussures plates et tout, et Gabriella s'étonne d'entendre des hommes, des commerçants, des badauds, les flatter, dire leur beauté, sans plus, sans harceler, juste en hommage sans retenue mais courtois. Elle s'en étonne et Caroline explique que l'élégance, peu importe ta classe sociale, est une sorte de valeur à Rome. Dans la rue, on croise des passants qui se comportent comme un public de théâtre. Pour un peu ils t'applaudiraient. Pas besoin d'avoir une tenue provocante. Depuis la mort de Demetria, son habitude de s'exhiber dans des vêtements sexy visait à être sûre du désir des hommes, de leur admiration pour se sentir avoir encore envie de vivre. Alors elles s'exposent aux regards, prennent leur temps, parlent avec un marchand de fruits qui leur offre du raisin, sourient à des compliments soufflés dans leur dos, à leur épaule, dont Gabriella ne comprend pas le premier mot, mais crénom bien agréables !

Et elles traînent entre les étals, jusqu'à être malgré tout en avance à la Carbo, s'installer dans l'attente de Barberini et d'une réunion désormais presque habituelle. Caroline commande d'autorité des gnocchi alla romana, sauce beurre et fromage bien sûr, et du Valpo...

Gabriella profite du dressage des tables, Caroline ne peut s'empêcher de s'en mêler, d'aller saluer son patron, oui elle passe de bons congés, Gabriella appelle Massimo. Assez excitée par cette idée qu'on touche au but, elle dit : les deux témoins à revoir cet après-midi, la perspective du Baccano ce soir, les deux derniers témoins demain... En fin de journée elle mettra Renato sur le grill, lui demandera s'il sait où vit maintenant l'ex-compagne de Diogenes, l'Apollon disparu, avec sa fille... Quel âge a cette gamine ?... Et tout devrait s'éclaircir à la festa, pas possible autrement. Il prend note avec des mmm si, si carissima, calme, et suggère soudain qu'après la fin de l'histoire il fasse à son tour le guide et l'emmène au musée du Vatican, chapelle Sixtine et tout le grand jeu, sans trahir Caroline qui peut les accompagner si elle le souhaite mais... Gabriella refuse net : elle est athée et déteste le Pape, ce milliardaire, propriétaire foncier dans le monde entier, avec des billes dans la Banque Vaticane... Et la loge Pi due, c'était pas un copain, le banquier franc-maçon...? Massimo l'arrête. Il voulait juste faire un cadeau amical, rien de plus, maintenant que leur flirt n'a plus raison d'être... Tu veux quoi une fois cette enquête bouclée pour l'avoir voulue et avoir voulu aussi rendre une raison de vivre à Caroline, hein tu veux quoi...? Gabriella prend un temps, à peine un souffle :

— Que tu ne lui mentes jamais, que tu l'aimes pour du vrai...

Et elle raccroche parce que Barberini et son blazer arrivent en même temps que Caroline et la bouteille de Valpolicella. Avant tout il veut commander, il n'a guère de temps... Maintenant il peut saluer ces dames, remercier pour le verre tendu par Gabriella, et sortir sa liste de garages en deux exemplaires. Il lui en reste peu à visiter. Bon, il a noté le trafic pratiqué dans le garage Petrinelli et débusqué par ces dames. Ne compte pas intervenir dans l'immédiat, garde l'information sous le coude pour faire éventuellement pression, refiler à ses collègues d'Interpol un moyen de pression sur le marché clandestin des pièces d'auto volées. Sinon, rien de neuf. Lui reste une dizaine de garages à voir, des petits, pas les concessions bien sûr. Il craint de ne découvrir que des délits d'écriture, des paiements en liquide de la main à la main, des broutilles, mais pas la clé de la mort de la petite… Alors, peut-être pour lui rendre espoir et vaillance, Caroline parle du Pick-up Ford bleu indigo, et surtout de son propriétaire, pas encore rencontré mais identifié : un nommé Sergio quelque chose, guide officiel pour l'ufficio municipale del turismo[55] qui gère les visites sur les sites romains. Donc on a deux voitures, une noire qui percute la petite et ce Pick-up qui l'attire au bord du trottoir avant de filer. Ça sent la complicité entre les deux conducteurs, non ? Et une familiarité avec Demetria qui permette de l'identifier avant de l'exécuter. Et Gabriella complète par l'annonce de la festa, dans les jours qui viennent. Ce soir-là, avec Massimo, ils vont dévoiler leurs batteries et voir les réactions… Barberini se frotte les mains on ne sait pas si c'est à cause des gnocchis tout chauds ou de la perspective que les lignes bougent.

Sur ces mots, ils mangent, Barberini laisse les listes de garages contrôlés avec ses annotations ou rien quand il ne s'est pas encore déplacé. Il a été vigilant dans les ateliers, plus ou moins importants, dont le propriétaire ou l'un des employés a déjà eu maille à partir avec la justice. D'ailleurs un certain nombre ont été défendus par il dottore Agostini Massimo comme avocat, avec des chefs d'accusation très variés et passibles de peines souvent importantes. Il dottore ne plaide que les causes difficiles pour s'en tirer avec la gloire ou la reconnaissance de l'inculpé : de toute façon il a accepté un dossier indéfendable. Ah, Barberini connaît bien l'homme qui a fait acquitter des truands à la culpabilité évidente. Elles pourraient lui demander son avis sur tous ces anciens clients. Il va mailer à Massimo la liste à jour des garages contrôlés. Conclusion, il finit par douter, pas sûr que la voiture noire ait été réparée chez un pro. Possible que le type de l'auto noire se soit débrouillé tout seul… On ignore à quel point le pare-chocs abîmé gênait vraiment la conduite… Il ajoute qu'en plus on ne sait pas quelle direction a pu prendre cette satanée auto à partir de la piazza Venezia, et, ah oui, pour leur numéro de séduction dans certains garages on suspend l'opération jusqu'à nouvel ordre, qu'il en sache plus, peut-être avec l'aide du dottore Agostini, et s'en va vite, la dernière bouchée même pas avalée.

Caroline remarque l'habitude récente de Gabriella, presque un tic : faire tourner son bracelet à deux balles. Elle le trouve moche ce bijou et en même temps... Elle le lui dit. Gabriella, presque sérieuse, montre le foulard de Caroline :

— On porte notre deuil respectif. Toi, celui de ta fille aimée, moi, de l'amour d'un homme... De tous les hommes, parce que j'ai autre chose à faire que de tomber amoureuse...

Et aussitôt ajoute, avec une grimace :

— Pardon de faire mon intéressante, de dire des phrases définitives. Oublie...

Le temps d'un rhum, comme un rituel magique, une tentative pour provoquer par papilles interposées une révélation presque mystique, un rhum correct mais indigne du « rum » du Baccano, et les filles se mettent en route. Ruggero Brighelli, rendez-vous fixé par téléphone, comme pour Guerra Benedetta tout à l'heure. Il a 55 ans, surveillant aux musei Capitolini, habite via Ludovisi, près de la piazza di Spagna et de Trinita dei Monti et de sa scalinata, son célèbre escalier baroque de plus de cent marches. La maison de Massimo n'est pas loin. Une belle petite trotte. Allons-y !

Pendant leur marche dans une Rome de carte postale, grillée de soleil, dans la bousculade pacifique des trottoirs, Caroline et Gabriella continuent, piazza Navona, via del Corso, via delle Muratte, Baccano bondé, pas un regard à l'intérieur, la bande de Renato et consorts viendront plus tard, Fontana di Trevi avec ces touristes qui jettent des pièces dans l'eau pour voir se réaliser un souhait grâce à une sorte de pourboire à on ne sait pas qui, elles continuent, penchées sur elles-mêmes, de se repasser les éléments d'enquête dont elles sont sûres et les points noirs encore à éclaircir.

Pick-up bleu indigo. Malgré la circulation infernale, il s'arrête devant la boutique où Caroline vient d'entrer. Demetria court vers ce Pick up, n'a le temps de rien, il redémarre et une voiture noire vient percuter la petite. Le modus operandi, grimper exprès sur le trottoir, s'enfuir indique le choix délibéré de cette victime. La préméditation. Dernier indice indiscutable : un large pan de tulle a été arraché à la robe de Demetria lors du choc. Bout de tissu qui n'a pas été retrouvé. Or aucun vent ne rafraîchissait Rome ce jour-là, Caroline s'en souvient bien clair, elle le répète. Déduction : le morceau de tissu a été emporté par le pare-chocs endommagé, ou ramassé par un fétichiste sordide. Enfin : il a fallu réparer ce pare-chocs. Dans un garage il faut l'espérer. Et on va le trouver.

Eléments toujours inexplicables pour l'instant et pourtant essentiels à la découverte du coupable : à qui appartient cette voiture noire, à qui Sergio a-t-il prêté son Pick up ? Comment savoir où trouver Demetria, la cible, qu'elle ait été désignée par un commanditaire ou que le conducteur de l'auto agisse pour son propre compte. Gabriella s'évente avec son dossier :

— On ne peut même pas soupçonner Diogenes, d'après toi il ignorait tes projets de shopping et n'aurait pas pu deviner que tu entrerais à « Pelle et... bazar... »

— « Pelle e borse ». Non, personne ne savait même pas moi...

Elle réfléchit un instant, resserre un peu son foulard sur son tatouage :

— Ou bien on est devant un acte gratuit. On a tué Demetria juste pour le plaisir...

Un temps, un regard sur la façade d'un immeuble modeste aux stores baissés :

— On y est... Pile à l'heure.

Elles consultent le tableau des sonnettes... Caroline ajuste ses lunettes noires, Gabriella appuie sur le bouton marqué Brighelli Ruggero e Gisela. On leur ouvre. Elles grimpent au deuxième par un escalier aux marches propres mais creusées de pas anciens et récents. Brighelli les attend sur le seuil de sa porte déjà ouverte. Odeur de café. Il s'efface et, dans les bredouillis des présentations, les explications rapides sur la réouverture de l'enquête, l'appel de Gisela, « Viens saluer ces dames carissima », Gabriella obstinée à montrer sa carte d'Interpol bidon, Caroline qui traduit, il les fait entrer dans un living meublé très italien parvenu, du doré partout, leur propose un divan rococo, tout sculpté, soie rouge sang. Chaque chose est à sa place, le journal plié sous le téléviseur, les bibelots. Il fait chaud et l'odeur de café parfume l'ensemble. Une ambiance bon goût de repenti. Ce que n'est pas Brighelli, s'il est un uomo d'onore il cache bien son jeu, un homme dont la femme, une musaraigne timide a fait une apparition rapide, a disparu sans attendre. Elle va bien avec Brighelli, petit homme maigre, silhouette en virgule, au pantalon de toile écrue, chemise ciel sur des biceps riquiqui. Souliers cirés à cœur.

Il s'assied dans la pénombre du jour filtré par les stores, un coude sur la table aux pieds tout ornés de volutes d'acanthe dorées, commence de lire les copies posées devant lui par Gabriella. Pendant ce temps, Brighelli Gisela sert le café, vite, et fuit à pas pressés.

Son mari prend le temps de tremper ses lèvres dans sa tasse, de faire slurp et dire attention c'est chaud.

Caldo, Gabriella avait compris. Gabriella ne traîne pas, son carnet déjà sorti. Caroline continue de traduire, parfois avec des cafouillis : Brighelli parle vite.

— Est-ce que vous voyez une modification possible dans votre déposition du jour de la tragédie ?

Brighelli, aux prises avec son café brûlant, répond non, presque avec distraction. Il a bien vu la voiture noire, constaté parmi les premiers cette mort discrète, cette robe déchirée. Non il n'a vu nulle part le morceau de tissu arraché. Bien sûr il est sûr que l'auto noire a fait exprès de percuter la petite : lui et d'autres piétons ont dû s'écarter. Il faut dire qu'il remontait de la piazza Venezia vers chez lui, ici. Parce qu'il est surveillant aux musei capitolini, aux musées du Capitole, proches des forums, et de la Macchina da Scrivere... Il venait d'aller chercher un livre oublié par sa femme à l'accueil des musées, elle y travaille, bref... Et soudain il tend le doigt vers le poignet de Gabriella :

— Vous avez un joli bracelet... Avec la Louve, la mater romanorum désormais... Voyez-vous, je suis en poste, seul, dans la salle IV du premier étage, le secteur des appartements anciens des conservateurs... Une responsabilité. Non pas qu'on puisse la voler... Encore que, des voleurs bien équipés... Mais surtout, aujourd'hui les œuvres d'art subissent des outrages, et profaner la Louve, le symbole de Rome, serait un exploit pour les moins que rien, qui détruisent des toiles de maître, brisent des vases antiques...

Et on ne peut pas l'arrêter :

— Notre Louve était depuis le 12ème siècle un symbole de justice, puis on lui a ajouté Romulus et Remus, d'où son nouveau titre... Et...

— Gabriella lève une main :

— Stop ! Avez-vous vu un Pick up de couleur indigo

s'arrêter de façon brève devant la boutique, la petite courir vers lui... Et la voiture noire, sa marque, qui la conduisait, quel genre d'homme...? Faites un effort pour revenir en pensée à ce moment tragique...

Brighelli soupire, finit son café, remarque que ces dames n'ont pas touché au leur, ne dit rien un instant puis :

— Je répète ce que j'ai signé. Je n'ai pas vu de Pick-up ni un autre véhicule stopper même deux secondes... J'avais dépassé la boutique et la petite. C'est après, quand j'ai dû éviter l'auto noire que j'ai fait un saut de côté, me suis retourné pour voir ce spectacle horrible de cette enfant heurtée de plein fouet et projetée contre les pierres de la boutique. Et les hurlements de douleur de la maman, tenez rien que d'y penser il en a encore la chair de poule...

Et d'un coup, ses yeux s'agrandissent, il se lève à demi de sa chaise dorée comme un trône de roi africain :

— Attendez... ça me revient...! L'auto noire, elle était arrêtée, une dizaine de mètres plus haut, moteur en marche, et elle n'a redémarré que pour sauter volontairement sur le trottoir... Ce crime était préparé...

Gabriella et Caroline se regardent ; Est-ce que monsieur Brighelli a vu le conducteur ? Non. Mais il est abasourdi et honteux d'avoir oublié que cette voiture était à l'arrêt, aux aguets... Si ces dames pouvaient présenter ses excuses à la maman, même si longtemps après... Et il espère avoir un peu aidé à retrouver ce salaud de tueur d'enfants ! Parce que c'est pire que de faire subir des dommages à sa Louve ! Gabriella s'est levée, récupère les photocopies, Caroline traduit ses remerciements, son salut avant qu'elles ne se dirigent vers l'entrée, s'arrêtent parce que la politesse chez ces gens un peu coincés veut que monsieur Brighelli les raccompagne. Il le fait, se lève et les deux filles voient ses yeux voilés de larmes. Il les précède, leur ouvre et dit avec une douceur étonnée :

— Vous auriez pu prendre un autre café, le vôtre était froid...

En bas, dans la rue chauffée à blanc, Gabriella et Caroline s'agrippent l'une à l'autre, comme pour un combat de judo, parlent en même temps : maintenant elles sont sûres de la préméditation ! La voiture noire attendait la petite et n'a pas raté sa cible. Le Pick up a servi d'appât. Volontaire ou pas ? Avec qui au volant ? Restent ces questions et les autres liées à cette certitude.

Allez, on fonce chez Guerra Benedetta, réceptionniste au palace Imperiale, voisin de l'Excelsior... Elle habite via Sicilia. Suffit de remonter la via Ludovisi où elles sont, traverser la via Veneto et elles sont rendues à leur but. À peine le temps de transpirer, même à l'ombre. Surtout qu'elles pressent le pas. Arrivent presque essoufflées sur le palier d'une Benedetta pressée. Trente ans, très bien faite, les cheveux blond vénitien aux épaules. Ne doit pas passer inaperçue. Elle est déjà en tailleur d'uniforme, précise tout de suite qu'elle prend son service sous peu à l'Impériale. Elle peut leur accorder dix minutes au plus. Et les fait entrer dans son appartement deux pièces sous les toits, living avec coin-cuisine et papier peint blanc rayé rose, une chambre, peut-être une salle de bains attenante, plus maigre encore que celui de Rosalia Schiavone, meublé bonbonnière, sans climatisation, ne leur propose ni de s'asseoir, ni de se désaltérer. Gabriella fait exprès de farfouiller dans ses dossiers, de montrer sa carte tricolore bidon, sortir son carnet, insister pour que Benedetta relise sa déposition du jour fatal. Puis elle l'informe des progrès de l'enquête, l'arrêt du pick-up indigo, la voiture noire à l'affût, pas d'autre indice sauf la disparition d'un pan de la robe de Demetria. Voit-elle quelque chose de neuf à ajouter dont elle se souviendrait à interroger sa mémoire un an après les faits, sans l'émotion de l'instant, tout ce monde à crier, se bousculer... Les dépositions des passants témoins proches de l'accident s'accordent sur le reste, la violence du choc, la voiture, la course de la fillette, bras écartés, à travers le trottoir... Caroline a compris l'agacement de Gabriella devant la désinvolture de Benedetta et bredouille sur des phrases à traduire, demande à Gabriella de répéter... Et soudain Benedetta regarde dans le vide, attendez, le voiturier de l'Impériale, voudrait... enfin vous voyez ce qu'il attend de moi... Et il lui parle des voitures exceptionnelles dont il s'occupe, comme s'il pouvait la séduire avec la description d'une Rolls, d'une Lamborghini, d'une Morgan... Mais elle retient malgré elle. Et à faire défiler dans sa tête des images de ce jour-là, elle dirait que la voiture noire correspond la description ébahie de l'auto d'un client. Il n'en revenait pas de devoir garer dans le parking d'un palace une antiquité sans valeur. Une Lancia Delta 98 ou 96, ça elle a oublié. Elle n'était pas noire mais grise mais c'est bien le modèle de la voiture meurtrière. Voilà tout ce que peut ajouter Benedetta. Maintenant si ces dames veulent bien l'excuser il faut qu'elle y aille... Gabriella et Caroline ont eu leur habituel échange de regard complice, elles remercient et se dépêchent de dévaler l'escalier, déjà suivies par Benedetta, et de s'arrêter en bas, laisser filer la demoiselle. Faut appeler Barberini, lui dire pour la Lancia Delta. Et informer Massimo, ajoute Gabriella, qu'on aille au Baccano ce soir causer de vieilles Lancia... Qui en possèderait une dans la bande ou parmi les connaissances du groupe ?

Aussitôt Gabriella appelle Massimo, lui dit les avancées de l'enquête pour secouer tout à l'heure la belle troupe du Baccano, s'il a l'intention d'y faire un saut avec elle. Il a reçu le mail de Barberini avec la liste des garages, ses impressions sur chacun. Pour l'instant l'ispettore est bredouille. Á part ça il est tôt pour rejoindre Renato et consorts au bar. Où sont ces dames. Via Sicilia ? La via Margutta, où il habite, est toute proche, suffit de revenir à Trinita dei Monti et de passer derrière. Qu'elles le rejoignent chez lui, il est occupé à boucler un dossier urgent : un homme accusé de féminicide. Ensuite, le temps de grignoter vite fait, ils déposeront Caroline et fileront au Baccano, Gabriella et lui. Sa maison a une grille peinte en vert, et la Maserati est garée derrière. Gabriella répercute l'offre à Caroline. D'accord ! En route mauvaise troupe...

Fait pas moins chaud qu'ailleurs via Margutta et ces dames trouvent Massimo en bras de chemise dans son intérieur immense meublé rigoureux, bois sombre et tables, chaises, canapés, un ensemble de bon aloi. Musique douce ... *Sono qui con te sempre piu solo...* [56] Encore Paolo Conte. Est-ce que Caroline va demander à interrompre la chanson ? Pas le temps, Massimo éteint sa chaîne Hifi. Tout ça sent l'investissement, la perspective d'un patrimoine à transmettre. Il finit de mettre les papiers à peu près en ordre sur son bureau, les commente avec une moue sceptique. Son client a tué sa femme devant sa voisine et maîtresse. Va falloir être au top demain. Une fois ces craintes énoncées, comme pour conjurer le sort, il se soucie de son apparence, on ne se refait pas, et enfile une veste de lin mauve comme son pantalon.

— Venez mesdames...

Á peine sortis dans cette rue où des plantes

grimpantes, des vignes, escaladent les grilles de maisons cossues, Massimo se permet de prendre les deux femmes par la taille, de les mener en face à trois enjambées. Stop. On est devant une maison qui fait le coin, avec un bar restaurant au rez-de-chaussée. Massimo leur fait lever le nez : Fellini et Masina habitaient là-haut. Une plaque gravée avec une caricature du couple dit que la demeure est « unica e speziale ». Une partie de la maison a été transformée, vous le constatez. Et il les pousse à l'intérieur, leur fait d'abord découvrir les collages de Fellini exposés, des fouillis d'images où le maestro s'invite. Gabriella est en admiration, se tourne vers Massimo :

— Je regrette de ne pas porter ma robe Ekberg !

Ils rient, tous les trois, puis grignotent, boivent du Nero d'Avola, et on va sortir la Maserati dont les freins grincent pendant la manœuvre. Caroline s'en bouche les oreilles. Oui bon, Massimo a négligé l'entretien très délicat de son auto. Possible qu'il faille remplacer la courroie de distribution qui ne dure que cinquante mille kilomètres. Cette voiture en a pas loin du triple... Mais bon elle roule ! Et avanti popolo, on file déposer Caroline. Á tout à l'heure ! Gabriella lui promet un compte rendu, quitte sa tenue monacale pour une robe de bal populaire en plein air, jaune à pois bleus.

Ils arrivent au Baccano en même temps que Silvana et son français truffé d'italien, Silvana toujours volcanique. Elle les embrasse, presque avec volubilité, chaque mot posé sur un baiser.

— On rejoint les autres ? propose Massimo.

Á l'intérieur leur bas bout de comptoir, leur territoire propre suivant une convention tacite avec les autres habitués, est encore bien clairsemé. Renato, Alberto, Antonella, les piliers de la bande sont là. Une dizaine. Et déjà au whisky, au blanc, huîtres, amuse-gueules... On se salue, ciao, ciao... Silvana poursuit sa tournée de bisous, reste un peu dans les bras d'Alberto, se dégage soudain : Bourbon ! Renato demande le silence et annonce :

— Tout le monde n'est pas là, mais vous répandrez la nouvelle parmi les amis proches, guides ou pas : la festa est pour samedi soir. Piazza Navona, au bout opposé à la fontana dei Quattro Fiumi, dans l'appartement avec terrasse du dernier étage. Quelqu'un attendra en bas pour éviter de vous tromper... Amelia sera peut-être de retour, je l'ai prévenue de la festa... Monica aussi... Vous connaissez une partie du programme exceptionnel, l'évocation d'un moment de cinéma très chaud...! Nos nymphes Silvana et Antonella, ici présentes, ont promis un strip-tease à la Sophia Loren...! Et Gabriella en Guest-star !

Antonella joue des hanches, avec exagération, bat des cils, Silvana fait la révérence :

— Vous ne serez pas déçus...

Massimo a traduit au fur et à mesure pour Gabriella qui attaque aussitôt :

— Est-ce que Sergio doit venir ce soir ? Parce que...

Massimo lui agrippe le bras, tais-toi, l'interrompt-il en italien :

— Parce que, perche avrei bisogno di suo Pick-up... j'aurais besoin de son Pick-up pour trimballer des trucs lourds...

— Non. J'ai eu Sergio au bout du fil : il sera rentré à Rome pour la festa. Là il est à San Gimignano avec des touristes. La plupart ont le vertige et refusent de grimper en haut des célèbres tours par les échelles intérieures... En plus du vertige ils ont aussi peur des oiseaux capables de les faire tomber... Tu lui demanderas pour son Pick-up... Et vous aurez d'autres surprises que je ne dévoile bien sûr pas...

Massimo y va au culot :

– Tu peux me donner son numéro ? Comme ça on perd pas de temps...

Renato gribouille sur un sous bock, le tend à Massimo sans un mot, quand même l'œil curieux. Á cet instant la question de Gabriella, tant pis des pinçons de Massimo sur ses fesses pour la faire taire, c'est pas désagréable, la question, traduite quand même par Massimo, surprend tout le monde :

– Et une vieille Lancia Delta, d'avant l'année 2000, vous n'auriez pas ça en magasin ? Une femme qui habite là où j'ai loué un appartement, voudrait en offrir une à son mari pour son anniversaire...

On se regarde, on secoue la tête. Non, mais il suffit de mettre une annonce dans le Corriere... Pas idiot... Elle est prête à partir, vide son verre de rum juste comme Massimo dit, comme à lui-même d'abord, puis à l'adresse de tous :

– Ce Diogenes, j'aimerais quand même, simple curiosité, savoir ce qu'il est devenu, ainsi que sa compagne, la mère de la petite qu'il voulait reconnaître... Mes confrères des affaires familiales n'ont jamais entendu parler de lui... Et pas de jugement sur l'affaire... Si vous avez des nouvelles...

On hausse encore les épaules, on demande à Ottavio une autre tournée. Renato se contente de rappeler à Gabriella le rendez-vous, demain après-midi, devant le Colosseo, et d'aller parler à l'oreille de Monica, jolie femme un peu fatiguée, avec son habilitation glissée dans le décolleté sage. Gabriella et Massimo sentent qu'il faut faire profil bas, qu'on commence à s'interroger sur leurs raisons de venir là... Ils crient au revoir, rivedercci...

Et rejoignent la Maserati, roulent en silence jusqu'à

destination. Juste Massimo a appelé Sergio sur recommandation de Renato, s'est présenté, a dit avoir par hasard un client accusé de vol grâce à une camionnette et qui prétend avoir loué, le jour du vol, un Pick-up bleu. Alors la veille de ferragosto 2022, à qui Sergio a-t-il prêté son Pick-up ? Massimo entend Sergio soupirer : c'est peut-être noté dans un carnet, chez lui à Rome. Il y écrit les noms et adresses des inconnus, des fois qu'ils le dénonceraient pour location frauduleuse... Gabriella descend, attend. Non Massimo ne monte pas : le dossier du féminicide, c'est pour dans quelques heures, il veut le relire...

En haut, Gabriella résume la soirée en quelques mots. Rien sur Diogenes. Pas de nouvelles. Mais Sergio sera à la festa fixée à samedi. Demain, visite aux témoins. Bises. Gabriella garde un peu Caroline dans ses bras. On n'est pas loin de savoir le vrai sur ce jour tragique. Gabriella rentre réviser l'histoire du Colisée et un peu d'italien.

Jour 8. Vendredi

Gabriella a rejoint Caroline chez elle pour un petit déjeuner tout bancal, dans un silence juste froissé de la rumeur du dehors, des bruits de couverts et le RRRRRR de la machine à café. Elles se parlent comme on entre dans une mer froide, à pas comptés. Parce que maintenant, elles savent être à deux doigts, à un détail de la solution, de savoir qui a tué Demetria et pourquoi. Et Caroline a désormais la trouille de ces révélations soudaines dans sa vie après une année d'ignorance, à apprivoiser la douleur, apprendre la solitude. Et maintenant peut-être qu'il va falloir assumer de tout connaître de la tragédie et envisager de croire aux sentiments de Massimo. La trouille aussi d'être un cœur d'artichaut, amoureuse de lui pour la vie, sans réussir à le cacher tout à fait, avec la conscience du danger d'être encore quittée.

Gabriella devine les pensées de Caroline toute en brouillon. Une fille gâchée, raturée. Va falloir mettre tout ça au propre. Gabriella ne rentrera à Paris qu'après Caroline apaisée.

Alors il est temps de s'accoutrer fonctionnaires et de dévorer du pavé : Padovani Rosaura, leur témoin de ce matin, habite vialle Giulio Cesare, passé le Vatican... Un coup de téléphone pour s'assurer qu'elle est chez elle... Oui elle les attend.

Une fois prêtes, foulard, lunettes, jupe sous le genou et corsage col Claudine, dossiers, elles remontent la via Giulia, traversent le Tibre par le petit pont principe Amedeo di Savoia, passent devant Saint Pierre et l'esplanade du Vatican, cette espèce d'espace pris dans une architecture en pince de crabe. Gabriella y voit le symbole de la cupidité de la société financière pontificale. Elle évite autant que possible de regarder les hordes de curés en soutane, affairés, au pas pressé, les touristes en extase, et les SDF endormis à l'ombre, comme bannis de ce foutu paradis du fric et du repentir à deux balles. Malgré les troupeaux de veaux, derrière des guides bavards, fanion brandi, elle respire mieux via di Porta Angelica, piazza Risorgimento... Et encore mieux à l'approche de la station de métro Ottaviano. Mademoiselle Padovani habite juste en face. On passe un porche, l'appartement au premier, en retrait de la bruyante Giulio Cesare, avec ses fenêtres sur une cour dallée.

Elle leur ouvre, une gitane brune, trente ans, aux longs cheveux sombres, bouclés, sourire constant, bien balancée pense Gabriella, et attirante dans le genre néo-hippie, avec sa robe, sa blouse fleurie. C'est meublé au décrochez-moi-ça, dépareillé, trouvé aux puces, comme pour affirmer une bohème heureuse. Aucun doute sur son métier de comédienne, les murs le proclament par des affiches et des photos, pas que d'elle ni toujours de pièces où son nom apparaît.

Quand elle voit Caroline contempler une grande photo de Vittorio Gassman, Rosaura le nomme avec une révérence de croyante convaincue. Gabriella ne connaît pas ce monsieur, elle le remet enfin quand Rosaura mentionne *Profumo di donna* le film *Parfum de femme* qu'elle a vu sur la télé de la Sainte-Scolasse. Elle offre à ces dames un canapé directoire, s'assied sur un pouf marocain... Et la voilà partie à raconter le teatro Quirino, désormais Quirino-Gassman, celui justement sur les arrières du Baccano, où elle répète *L'oiseau vert* de Carlo

Gozzi, écrit pour le carnaval de Venise en 1765... Est-ce qu'elles savent que « Si » de Mascagni...

Elle s'interrompt parce que Caroline a cessé de traduire et se présente, ainsi que Gabriella, d'Interpol. Gabriella montre sa carte, vite, et tend copie de son ancienne déposition à Rosaura, même pas surprise du manque d'intérêt de ces dames pour son univers de travail. Elle lit, secoue la tête, non rien à ajouter, ni à retrancher... Gabriella insiste, parle du bref arrêt d'un Pick-up indigo vers lequel la petite court, d'une Lancia Delta noire en attente, déjà deux roues sur le trottoir, moteur allumé, avant de foncer et percuter Demetria. Non, elle ne souvient pas des autos, elle s'est arrêtée n'a plus vu que la gamine à laisser passer presque sur ses pieds, au galop, pardonnez le mot, bras ouverts sur un cri... Très Anna Magnani dans *Roma città aperta... Rome ville ouverte*, Gabriella a un geste pour Caroline, inutile de traduire... Et tout à coup Rosaura se fige. Oui elle criait et ça me revient... J'ai appris un peu à lire sur les lèvres, pour obéir à des indications muettes données depuis la coulisse quand je suis en représentation... Là, il me semble bien aujourd'hui que cette enfant criait « Papa ! ». Gabriella met la main sur la cuisse de Caroline juste après sa traduction à peine audible, incrédule, presque lasse... Et elle se lève, récupère l'ancienne déposition :

— Niente d'altro...? [57]

— No...

Rosaura ne s'aperçoit même pas, à l'accent français, que Gabriella a casé un peu de son italien de cuisine, et ne comprend pas que cette dame lui dise au revoir, arrivederci, et entraîne l'autre, devenue comme absente, dans l'escalier. De sa fenêtre elle les voit se parler avec une sorte d'urgence quand elles s'engagent sous le porche, rejoignent Giulio Cesare.

Encore une fois, sous le coup de l'émotion elles parlent en même temps. « Papa », Demetria appelait son père ? Caroline continue d'assurer connaître les habitudes étonnantes de la petite, se précipiter dans les bras de n'importe qui pour un câlin, appeler tous les hommes papa... Caroline a essayé cent fois de lui expliquer le danger, la possibilité de tomber sur quelqu'un de méchant, mais elle n'écoutait pas. Donc Rosaura n'a rien révélé de neuf. Juste souligné la difficulté de ce point d'enquête. Sans cesser de dire oui bien entendu ou non, surtout pas, ou rien ne permet d'en être sûr... Elles sont entrées dans la première trattoria venue, même pas regardé l'enseigne ou la carte affichée dehors. Les odeurs fortes de cuisson, les bruits de casseroles, les voix pressées en cuisine, les font taire. Elles sont les premières convives, s'installent à une table du fond, commandent, tu veux quoi, et toi, s'en foutent, des spaghetti bolognese, avec un Montepulciano, veulent continuer de rechercher dans la parole, là, le vrai dans l'accumulation de nouveaux éclairages sur des faits anciens, figés dans des paroles anciennes et jusque-là considérés comme avérés. Gabriella suggère d'accepter un élan de Demetria pour son papa. Le vrai. Donc le conducteur du Pick-up. Caroline réfute : encore une fois, comment Diogenes aurait-il su son envie soudaine d'une robe de cuir, l'adresse de la boutique et l'heure de son achat ? Et pourquoi choisir Demetria comme victime et l'offrir à cette Lancia Delta déjà à l'affût sur les lieux ? Gabriella n'a qu'une réponse : parce que Diogenes est passé via del Corso par hasard, a aperçu sa fille par hasard, s'est arrêté et la Lancia qui l'accompagnait s'est arrêtée aussi avant de foncer. Pourquoi ? Va savoir !

Elles mangent, boivent, n'en démordent pas de leurs déductions ou de leur méfiance face à une reconstitution des faits trop proche du départ de Diogenes... Dernière suggestion de Gabriella : ce gigolo magnifique, aux mille maîtresses délaissait son terrain de chasse habituel. Pour une femme, une seule, inconnue, riche, avec qui il est parti au diable Vauvert, et qui, favorisée par ce hasard vicieux, a profité de l'occasion pour débarrasser Diogenes de toute attache romaine, de toute envie de revenir à Rome. Caroline se contente de vider son verre et d'appeler leur dernier témoin, Giorgio Rossi. Il habite le Trastevere, via Mantellate, une maigre rue pas si éloignée, née au bord du Tibre.

En chemin Caroline consulte le dossier et répète pour Gabriella. Rossi Giorgio, trente-cinq ans. Employé municipal à la voirie chargé de collecter les menus déchets sur les trottoirs. A part les observations partagées avec les autres témoins clés, elles l'ont retenu à cause de son affectation professionnelle : pour son œil exercé à la traque du moindre papier, du chewing-gum abandonné, un morceau de tissu très coloré, arraché à la robe de petite, n'a pas pu lui échapper. Par téléphone il est resté évasif, oui, non peut-être, c'était un tel foutoir et puis les cris de la mère, tout est flou dans sa mémoire, mais bon, qu'elles viennent, il est en congé...

Et il les reçoit, un robuste, cheveux ras et blonds, en salopette de la Mairie, repassée de frais, dans son minuscule studio, arrangé spartiate avec un canapé lit en skaï, une seule chaise paillée derrière une table de camping. Alors on reste debout. Gabriella et Caroline font leur numéro de présentation habituel, Rossi relit ses déclarations, secoue la tête pendant qu'on le met au courant des derniers développements. Le Pick-up bleu, l'auto noire, une Lancia Delta vous me dites, d'accord, il n'avait pas vu, et juste que l'auto est montée exprès sur le trottoir, ça c'est pas neuf, non plus la petite qui court...

Surtout il maintient qu'il aurait repéré un bout de tissu à traîner sur les lieux : il avait sa pince et un sac-poubelle, un chiffon à ramasser il l'aurait repéré illico. Mais justement, l'auto lui fonçait dessus en même temps que sur la petite et il a dû... Il a presque blêmi, les mots lui viennent en chaos, buttent sur ses mauvaise dents :

— J'ai pas fait attention la couleur de l'auto, mais noire, oui, vous avez raison... Pour la marque, alors là, j'y connais rien, une auto banale... Parce que je regardais le pare-brise, voir le sagouin qui voulait nous écraser. Et maintenant je suis tout à fait sûr, j'ai pas osé insister à l'époque, juste que les flics notent auto noire et conductrice. Comprenez : j'aurais rien juré et je suis un rien du tout pour eux, j'ai un petit casier, ils m'ont pas vraiment cru... Parce que j'ai posé la question à d'autres sur place, tout de suite après l'accident, on m'a regardé comme un débile... Mais maintenant je parierais que j'ai vu juste, même avec le pare-soleil baissé et le haut du visage masqué, je parierais à quatre-vingts pour cent que le conducteur de votre Lancia était une femme. A cause qu'elle avait du rouge à lèvres...

Gabriella et Caroline se taisent, il va falloir revoir la copie avec cette révélation. Elles remercient et à cet instant Rossi fait deux pas, prend les mains de Caroline :

— Malgré les lunettes je vous ai reconnue. Vous êtes la maman qui a pris le corps de sa fille dans ses bras...

Alors Caroline ôte son foulard :

— Ce sont des lettres grecques mais c'est son prénom, Demetria. Elle m'accompagne toujours.

Et puis elle se penche, embrasse Rossi sur les deux joues.

Une fois dehors, Gabriella n'a plus que peu de temps pour rentrer se changer, filer au Colisée retrouver

Renato. Caroline va joindre Barberini. Elles arrêtent un taxi. Parler on le fera ce soir. On verra où mais pas au Baccano. Caroline appellera Barberini et Massimo.

Après une valse éclair des tenues digne d'un transformiste, du légendaire Fregoli, la jupe, le corsage Interpol au diable, vite un petit tailleur léger, blanc, hop là, sa fausse habilitation au cou, sa petite besace en sautoir, et une autre Gabriella saute dans un autre taxi. Colosseo, prego, et, miracle, elle y est pile le temps de se maquiller discret en chemin.

Elle a oublié l'endroit exact du rendez-vous avec Renato, elle s'en aperçoit et traverse des files de touristes enthousiastes, bavards ou harassés par une journée entre ruines et musées. Les guides continuent de brandir leur fanion avec fierté et de clamer à voix forcée une histoire sommaire du Colisée. A un moment elle croise un monsieur âgé, plus très vaillant, sac à dos, chaussures de marche, qui semble perdu, à la recherche de son groupe, demande die Leute (les gens) des hôtels Cavour, les gens descendus au Cavour. Gabriella voit un jeune type, presque encore un gamin, assez gringalet, lui mettre la main gauche à l'épaule :

— Posso aiutarlei ? [58]

Gabriella comprend la proposition d'aide en même temps qu'elle voit la main droite du zèbre ouvrir avec une vitesse incroyable le Rucksack du monsieur. Deux pas rapides malgré sa jupe entravée et elle pique son petit cran d'arrêt dans les reins du pickpocket, lui chuchote :

— Fa via subito... Se no... [59]

Le freluquet lève les mains et le vieil Allemand se retourne étonné d'être si près de ces deux personnes, rajuste son sac sans rien comprendre :

— Was passiert ? Ich suche nach... [60]

Et à ce moment, Renato surgit, prend le petit zèbre au colback, demande sans regarder Gabriella :

— Qu'est-ce que tu fous ?

— Je hais les pickpockets. Celui-ci en est un... Maladroit...

— Il n'est pas seul... Si tu lui avais fait mal, on t'aurait attendue, suivie, et tu n'en sortais pas intacte... Après ta visite prend quand même le premier taxi, le plus proche de la foule...

Il débite un laïus rapide en italien au petit malfrat avant de le pousser, dégage... Il traduit pour Gabriella :

— Si je le revois sur mon chemin je l'ai menacé de le dénoncer à son chef de bande comme incapable de voler un vieillard.

Et sans transition il s'adresse au vieillard désorienté, toujours à répéter hôtel Cavour. Il tend le bras, vers un fanion vert :

— Sie sind dort... Die grüne Flagge... [61]

Un vielen Dank rassuré, merci beaucoup avec une petite courbette et le vieux rejoint son groupe au petit trot, pendant que Renato entraîne Gabriella vers un jeune couple souriant. Français, jeunes mariés, Gilles et Marie, allure sportive, tous les deux, jean et polo, ticket d'entrée en main... Ils sont ingénieurs EDF tous deux, ne savent presque rien de l'antiquité et rient, tout de même confus, de leur ignorance. Renato les confie à Gabriella, vous verrez, elle sait tout sur il Colosseo... Et s'en va après avoir rappelé tout bas la festa piazza Navona, demain soir...

Et Gabriella suit les groupes qui pénètrent dans le monument, débouchent à l'intérieur de l'enceinte, arrive sous un soleil encore haut, par un vomitorium béant, devant des gradins mal en point, même pas restaurés à la va-comme-je-te-pousse, une arène en ruines, dévastée, abandonnée. Et elle ressent un choc comme jamais, oui elle a la sensation de découvrir une partie de l'âme de cette ville, elle a envie de s'asseoir, d'écouter le temps, les échos de presque deux millénaires. Presque sans y penser elle débite la leçon apprise cette nuit : entre cinquante et quatre-vingt mille spectateurs sur ces gradins, les sénateurs aux places du bas, près du spectacle, puis les chevaliers et la plèbe au-dessus... Les personnalités dans les loges spéciales. L'empereur Vespasien l'a fait construire de 72 à 80 après J.-Christ. Inauguration par l'empereur Titus avec une naumachie, une bataille navale reconstituée dans l'arène inondée... Une fête mémorable... Parce que les Romains d'alors aimaient le spectacle de la violence, de la mort. Peut-être pour conjurer la crainte de leur propre passage dans l'au-delà... Et pour s'éprouver en peuple fort, conquérant. L'ara pacis, l'autel de la paix, vous le visiterez peut-être, a été construit par Auguste à la fois pour consacrer cette Pax Romana, et sa déesse, cette paix romaine devait régner dans l'empire, et rappeler aux peuples voisins que ses légions triomphaient toujours, comme voilà peu, en Gaule et en Espagne, que cette paix était préférable à une défaite. Et elle ne sait plus d'où elle tient ce rapport entre les deux monuments, sûrement des annexes à la fiche sur le Colisée... Le monument qui illustre le mieux le double sens du mot : faire se souvenir mais aussi avertir... Peu importe... Les Romains d'aujourd'hui semblent avoir le même penchant pour la violence que leurs ancêtres. Et en même temps comprendre la beauté.

Le petit couple ouvre des yeux d'enfants devant le sapin, s'étonnent de se trouver minuscules dans cet endroit où circulent des touristes. Gabriella laisse venir à elle les fantômes, ceux d'hier venus accompagner les vivants d'aujourd'hui. Elle entend le choc des armes, les cris des gladiateurs au combat, les râles des mourants pendant les Munera, les jeux du cirque les combats sanglants de rétiaires et de Thraces, de Samnites... Elle entend aussi les prières des chrétiens suppliciés lors de Venationes, des chasses simulées, leurs appels, leurs hurlements de douleur, et les feulements, les rugissements des bêtes sauvages sorties soudain de cachettes pour les dévorer après les avoir mutilés. Elle entend aussi les plaintes des victimes du fascisme mussolinien emprisonnées dans ce camp de transit improvisé se mêler aux autres mondes invisibles et à ces hommes d'aujourd'hui, penchés sur le passé.

Elle finit par reprendre pied dans la journée, entendre les caquetis des touristes, le petit couple évoquer des péplums, des films où ça joue du trident, du glaive, avec des acteurs américains musclés, des actrices à la peau laiteuse et aux yeux lavande... Et dire qu'on est sur les vrais lieux !

Elle boucle ainsi sa visite, sort avec le petit couple, refuse le pourboire, souhaite bonne soirée et veut chercher un taxi au bord de la via dei Fori Imperiali.

Pas le temps, le loulou de la veille, le guide incompétent, l'ignorant de l'endroit du poignardage de César lui montre un pistolet à sa ceinture, sous sa chemise. Elle comprend qu'il veut se venger d'avoir été humilié, exige qu'elle le suive, et qu'il débite déjà des menaces grivoises, viol et compagnie. Et au moment où elle essaie de gagner du temps, cherche comment s'en sortir, le jeunot au taxi du premier jour, celui qui a menacé de la flinguer le soir où elle rentrait trempée façon Ekberg, le voyou surpris à être payé par Massimo, le jeunot surgit. Et il a sorti, sans crainte d'être vu, un pistolet qu'il pointe sur le guide, lui parle à l'oreille et lui confisque son arme. L'autre baisse la tête après un regard de haine à Gabriella et file se perdre dans une ruelle. Gabriella n'en revient pas, se met à craindre un autre danger, lève les mains, s'il vous plaît... Et lui éclate de rire, range ses armes, fait un pas, no, no, pas peur, je protège toi per il dottore Agostini... Lui non è innamorato di lei, ma...

Elle comprend à peu près le sabir italo-français du jeunot, qu'il connaît Massimo comme avvocato. Et Massimo n'est pas amoureux d'elle, il aime une autre femme, mais elle est précieuse à ses yeux et il a payé pour la protéger par peur qu'on lui veuille du mal à cause d'une enquête qu'elle mène, alors... Lui, Gianni, c'est son nom, avait juste voulu, le premier soir où elle était si belle dans sa robe trempée, il avait voulu lui « foutre la trouille » (En français !), l'avertir, avec une menace de mort pour rire, sans vrai pistolet... Pardon madame, pardon... Il va continuer à la suivre, que personne ne la touche...

Le temps d'appeler un taxi pour Gabriella, il disparaît.

Pas le temps de dire ouf, Caroline, tout élégante dans une robe gentillette, rouge vif, arrête Gabriella sur le palier :

— Dépêche-toi, on dîne chez Massimo. Il a déposé sa Maserati dans un garage : les freins à refaire et la courroie de distribution à remplacer d'urgence... Barberini en sera aussi...

Encore un taxi, on s'embourgeoise selon Caroline mais Gabriella a mal aux pieds dans ses escarpins vernis. Elle a passé quelque chose de chic et pas trop chaste ni trop déluré, une jupe patineuse blanche empruntée à Caroline et un haut noir, à bretelles spaghetti, sage tant qu'elle ne penche pas. Elle raconte son Colisée à Caroline, ses aventures, le pickpocket, le guide furax et le rôle de garde du corps confié à Gianni par Massimo, il est chou hein Massimo... Et se rend compte que le nez de Caroline a tourné son nez, s'empresse de protester, faut pas qu'elle soit jalouse, tiens Gianni est dans la confidence que il dottore l'aime...

Bon, le nez de Caroline se défroisse et elles sont chez Massimo. Elles le trouvent au téléphone, en décontracté, chemise ciel et jean. Dans le jour qui sombre il a allumé des lampes tamisées et leur fait signe de s'installer, canapé, fauteuil, où elles veulent. Les apéritifs, Marsala alla fragola, de quoi faire un spritz, Martini rouge et blanc, et du « rum », du Zacapa, celui bu par Gabriella au Baccano, sont sur une table basse marquetée... Gabriella choisit un fauteuil club de cuir fauve. La chaîne diffuse une vielle chanson, encore, « Come prima, ti amo sempre piu forte... »[62]

Elles ne se sont pas servies quand il raccroche et coupe la musique. Gabriella n'a rien compris à ce qu'il disait, Caroline si. Elle s'est mise à respirer plus vite quand Massimo vient à son côté, lui prend la main. Et se met à parler français :

— Oui j'ai rendez-vous demain chez le notaire de ma femme. Dès l'ouverture je récupère la Maserati au garage, plaquettes de frein et courroie de distribution changées. Et je fonce à Naples, pour le partage des biens et la signature de l'acte. Pour divorcer d'Anna, ma femme pour encore quelques heures... Après...

Et il embrasse la paume droite de Caroline. Gabriella attaque le rum, c'est bon les intimités tendres devant elle, elle, une femme pas trop moche larguée depuis peu par un Victor à étrangler de ses propres mains, et utilisée par l'avvocato ici présent pour rendre jalouse une autre femme... Pas de jeu, même si l'autre femme, Caroline, en a bavé, a subi les pires malheurs, larguée aussi et...

Et juste à ce moment Barberini et son blazer bleu entrent, la porta era aperta... Oui, la porte était ouverte, mais il s'installe avec un bonjour tout chiffonné à ne rien comprendre. Et excité, l'œil interrogatif, le mollet tremblant, allora ? Massimo prend le temps de suggérer que chacun se serve, on parlera des choses sérieuses un verre en main.

— J'ai commandé des bucatini, des pâtes, comme premier plat, primo piatto, ensuite des carciofi, des artichauds alla giuda, façon juive, et une tarte aux cerises alla ricotta... Et le Valpolicella attend dans la cuisine... Maintenant on peut parler...

Gabriella trempe ses lèvres dans son rum, dans une sorte de rituel païen pour appeler l'esprit de Diogenes, où qu'il soit, et :

— Giorgio Rossi, le témoin interrogé tout à l'heure est formel, tout comme Rosaura Padovani : le conducteur de la Lancia noire était une femme et Demetria appelait son papa. Á moins qu'un homme ne porte du rouge à lèvres et qu'on se trompe sur ce que criait la petite...

Il se fait un bref silence et tout le monde prend la parole en même temps. Barberini déboutonne son blazer :

— Est-ce que cette femme est propriétaire de cette Lancia ? Pas sûr... Je peux essayer de me renseigner mais comme l'enquête est close, je me vois mal faire une demande officielle au service des immatriculations... Va falloir que je passe par un vieux copain... Vous me donnez une seconde ?

Caroline traduit au fur et à mesure, y compris quand le contact de Barberini sur haut-parleur répond. Une Lancia Delta noire de 98 ou 96, sans immatriculation, les papiers au nom d'une femme, il va s'amuser... Pas sûr de trouver le temps demain matin, surtout pour une recherche longue et en douce, mais demain après-midi promis. Á suivre donc...

Il raccroche avec un mouvement du menton pour s'excuser, il ne peut pas faire plus, maintenant sa tournée des garages est subordonnée à la présence d'une femme au volant... Il secoue la tête et se sert un Martini.

Gabriella regarde Caroline, guette son assentiment, commence à parler :

— Quant au Pick-up, on a décidé d'admettre, Caroline et moi, une hypothèse improbable à première vue : cette fois la petite n'a pas suivi ses habitudes et couru embrasser un chien inconnu avec un chapeau...

Caroline continue :

— Donc elle a tendu les bras vers son père, et crié papa. Comme une témoin, Rosaura, nous l'a indiqué tout à l'heure... La femme de la Lancia, arrêtée au même instant à quelques mètres, commet un crime bien prémédité... Avec la complicité de Diogenes qui a attiré Demetria dans le piège et a filé pendant que la femme fonçait sur la petite...

Gabriella complète :

— Une seule explication à cet enchaînement : la conductrice était la maîtresse de Diogenes et ils ont disparu ensemble... Mais cette maîtresse n'appartient pas au groupe des habitués du Baccano : Silvana, Antonella et les autres, pas jalouses pour un poil, sont toutes à braire sur la disparition de leur amant merveilleux...

Massimo pose une main sur la cuisse de Caroline, lève l'autre :

— Ce qui ne dit pas, encore une fois, le mobile du meurtre ni comment Diogenes et sa complice, maîtresse ou pas, ont su où et quand trouver la petite et sa mère...

Gabriella répond tout net :

— Encore une fois : le hasard existe... Si on l'admet,

tout est cohérent dans cette tragédie. Reste à identifier la maîtresse avec qui il avait décidé de fuir. Ils peuvent être au Venezuela, en Uruguay, dans un pays sans extradition possible. Espérons une identification par le contact de l'ispettore Barberini... Espérons aussi des révélations utiles, par Sergio, demain à la festa...

Barberini a écouté la conversation en français, n'a rien compris, sauf son nom et il a un sourire triste. À cet instant la sonnette tinte et Massimo va accueillir le livreur du dîner, le paie. Ces dames emportent les plats sous emballage cartonné. Gabriella va en cuisine déboucher le Valpo, Caroline s'occupe de disposer la nourriture dans une jolie vaisselle.

Et presque tout de suite on mange, presque en silence, Caroline et Massimo, là, à noyer leur regard dans celui de l'autre, comme si on redoutait de revenir sur les hypothèses et les quasi-certitudes émises à l'instant. Gabriella se tait, pense à Victor, pense s'être débarrassée du désir de vengeance. Le parfum des pâtes, des artichauts se mêlent aux odeurs d'encaustique. On se tait. Sauf Barberini : il regrette l'immobilisation de la Maserati parce qu'il allait envoyer ces dames dans un garage louche faire leur numéro de provocation... Plus tard si nécessaire... Gabriella et Caroline plongent le nez dans leur assiette.

Assez tôt dans la soirée, après un fort bon repas, Barberini raccompagne les dames dans son break Volvo. Pourquoi une voiture familiale aussi vaste, finit par demander Caroline, vous êtes célibataire !

— Justement, pour ne pas regretter l'absence d'une femme et de gamins...

Jour 9. Samedi

Caroline déboule tôt chez Gabriella. Massimo vient d'appeler : la Maserati n'était pas prête, il a donc loué une voiture pour aller à Naples, deux cent trente kilomètres, il sera de retour dans l'après-midi, à temps pour la festa mais il faudrait que ces dames passent au garage Galeazzo, via dei Condotti, dès quatorze heures. Le mécano les attendra avec la voiture prête. C'est une faveur ! Après le garage sera fermé. Massimo a défendu et fait acquitter le propriétaire, Galeazzo Pietro, dans une affaire de transport de drogue. Via dei Condotti, près de chez lui. Un atelier déjà visité par Barberini, sans résultat. On y sera.

Et elles passent un moment à éviter de revenir sur l'enquête, à ne pas anticiper un dénouement proche, elles le sentent. Elles choisissent comment elles vont s'habiller pour la fête. Du suggestif, des accessoires, gants, bas, stilettos... pour ne pas être nue en deux secondes, se dévoiler avec lenteur comme les pros de l'effeuillage... Si elles doivent vraiment faire le strip-tease quand les Sylvana et Monica seront passées à la casserole... Mais bon s'il faut s'exécuter, elles n'en mourront pas... Surtout si ce petit sacrifice leur permet de faire parler Sergio sans qu'il trouille devant Massimo. Dont elles parlent en toute franchise. Gabriella admet avoir sauté dans les bras de l'avocat pour se venger, subito, de la trahison de Victor, avoir pris goût à ce flirt, aurait bien entamé une liaison sulfureuse, surtout quand Caroline lui avait prétendu être toujours folle amoureuse de Diogenes malgré tout. La place était libre. Et puis, sur un léger mouvement d'humeur de Caroline, une gêne de Massimo, elle avait réfléchi : pas possible que Massimo, après avoir été son confident, avoir su sa vaillance, vu son tatouage émouvant, et surtout vu son physique, presque avoir sa table en terrasse de la Carbo, pas possible que Massimo ne soit pas amoureux et que Caroline ne s'interdise le bonheur pour porter le poids de la mort de de son enfant.

Elles sont tombées dans les bras l'une de l'autre, en plein essayage de fanfreluches, larme à l'œil, pas très vêtues et alors, ça peut faire...? Et le téléphone de Caroline a sonné. Barberini.

Son contact aux papiers n'a rien trouvé aux immatriculations. La Lancia a dû être vendue ou pourrir dans un coin perdu du mezzogiorno. Par un autre contact il va essayer d'obtenir le casier de Sergio Orsini, de se renseigner sur lui et peut-être, ses amis auprès de l'Ufficio del Turismo. Qu'elles soient prudentes ce soir et si Massimo pouvait enregistrer Sergio avec son téléphone... Lui continua...

Elles ne cèdent pas à la déprime, installent leurs tenues de festa sur le lit de Gabriella, rangent les dossiers de témoignages toujours en vrac un peu partout depuis qu'elles les ont lus ensemble, il y a une éternité, et passent n'importe quoi pour aller grignoter à la Carbo et remonter ensuite jusqu'à la via dei Condotti.

Juste après, dans le soleil acharné, elles poursuivent leur ombre courte, traversent le campo dei Fiori sous les compliments des hommes. Toujours pas si désagréable... Au passage, Gabriella demande ce qu'est ce palais aperçu sur la gauche avec le drapeau français. L'ambassade de France ! Ah !

Á la Carbo, terrasse déjà pleine, elles prennent le plat du jour, des bocconcini de veau et un chianti offert par le patron. Il vient s'asseoir, bien mis, avec elles un instant, zyeute le bracelet de Gabriella et assure Caroline qu'elle peut encore prendre une semaine de congés, pour lui laisser le temps de trouver un fiancé et se marier ! Il plaisante lourd, rit tout seul. Gabriella répond, fière de son italien :

— Il fidanzato è gia trovato... Adesso, aspetta il matrimonio ![63]

Et elles s'en vont dans un rire de gamine, abandonnent le patron, tout surpris d'avoir causé cet effet et que Gabriella refuse un rum.

Sur le chemin du garage Galeazzo avalé d'un bon pas parmi la foule, par des ruelles même pas fraîches, encombrées de terrasses avec nappes à carreaux, un seul échange :

— Tu crois que Massimo va m'épouser, pour de vrai ?

— Il a hâté son divorce. Ce soir c'est un homme libre. On parie qu'il demande ta main avant dimanche prochain ?

Et Caroline, avec les yeux au ciel :

— T'es bête de me donner des espoirs... Espérer j'ai fait que ça toute ma vie. Avec quels résultats ?

Le garage Galeazzo est indiqué sur la via dei Condotti par une enseigne peinte à la main. Garage Galeazzo, entretiens, réparations, vente. Toutes marques. On passe sous un porche obscur et on débouche dans une cour où traînent des bouts de carrosseries, des pièces de moteur rouillées, des pneus usés. Et la Maserati, rutilante, museau vers la sortie. Une porte coulissante est à demi ouverte sur l'atelier et un jeune tout frêle, combinaison luisante de cambouis et casquette à l'envers sur ses boucles blondasses, est en train de bichonner une moto, une Ducati. Á l'arrivée de ces dames, il cesse d'astiquer le moteur de son engin et tente de s'essuyer les mains à son chiffon plus que crasseux, plisse les lèvres dans une sorte de sourire :

— Buena sera signorine...

Caroline le regarde sans ciller :

— Buena sera. La chiave della Maserati del dottore, possiamo... [64]

— Si... Lei venite con me.. ? [65]

Et il entre dans la demi-obscurité de l'atelier, avec le pont élévateur, deux Fiat capot ouvert, des établis couverts d'outils. Il va farfouiller dans un tonneau plein de chiffons, en tire un presque propre sans regarder...

Et les deux femmes se pétrifient. Parmi toutes les chiquettes de textile, grises ou blanches, un lambeau coloré a surgi. Le morceau de tulle arc en ciel arraché à la robe de Demetria...! Gabriella se précipite, attrape le lambeau de tissu, le brandit sous le nez du mécano :

— Dove hai trovato questo.. ? [66]

Le gamin lève à demi les bras, paumes ouvertes, innocentes, répond vite, trop et trop compliqué pour Gabriella. Caroline traduit :

— Il l'a pris dans le tonneau où il jette tout ce qui peut servir de chiffon, son patron pareil... Un client tailleur plus loin dans la rue les fournit en bouts de tissus de coton, inutilisables... Le tonneau déborde toujours... Mais cette chiquette ne lui dit rien... Montre lui ta carte, il commence à s'énerver...

Gabriella obéit :

— Polizia. Interpol... Allora, questo...

Caroline complète :

— Questo straccio... Da dove...? [67]

Maintenant le mécano a pris le ton de la défense, lui il n'a rien fait.

— Ma non so dove... Non ho niente fatto... Ah si, mi ricordo adesso... [68]

Caroline hoche la tête : il n'a rien fait, ne sait rien mais maintenant l'animal se souvient bien d'une voiture noire l'an dernier, vers cette époque, le pare-chocs traînait presque par terre, il l'a rattaché, a réglé le phare avant droit... Le bout de tissu était accroché sous ce pare-chocs... Le patron était absent, parti chercher une pièce, Il l'a mis avec les chiffons, l'a retrouvé aujourd'hui par hasard, à fouiller à la recherche d'un propre, pas trop grand, et la conductrice lui est revenue en mémoire, une comme jamais, en robe toute simple mais un corps, des yeux, des lèvres avec un rouge, mmmm !

Gabriella n'écoute plus la traduction, fait signe au gamin de se taire :

— Il y a des traces dans tes livres de comptes ? Son nom, l'immatriculation...

Le mécano secoue la tête. Non. La dame était trop belle, il a réparé gratis la Lancia. Voilà, ça lui revient, une vieille Lancia delta, rien à voir avec la beauté de la dame. Aussi parce qu'elle a demandé si on achèterait sa Lancia, elle nous achèterait une autre auto. Ils avaient justement une Alfa Mito 2008, avec beaucoup de kilomètres, pas chère. Elle pouvait la voir ? Il la lui a montrée et le patron est revenu, ils ont parlé, se sont mis d'accord pour racheter la Lancia, pas cher, et sur l'achat de la Mito, même que le patron a un peu gonflé le prix... Cet échange d'autos, oui c'est noté dans un autre registre pour faire le double changement de papiers...

Gabriella pointe le doigt sur un semblant de bureau vitré, tout au fond de l'atelier, sûre que toute la paperasse du garage est là-dedans :

— On peut voir ?

Après quelques recherches parce que l'ordre n'a pas

l'air de tracasser Galeazzo Pietro, le maître des lieux, Franco, le gamin a dit s'appeler Bassetti Franco, ils trouvent mention des transactions, rachat, vente. Le mécano en est presque triomphal :

— Ecco !

Et elles lisent qu'une Lancia Delta de 98 a été rachetée à une certaine Amelia Trussardi, domiciliée via Principe Amedeo, 12, et une Alfa Mito, modèle 2008, vendue à la même personne, en date du quattordici Agosto, due mille ventidue.[69] Elles ont un instant de stupeur. Ce serait donc Amelia la conductrice de l'assassinat de Demetria ? Et puis Gabriella demande avec une rudesse toute policière les clés de la Maserati à Franco, c'est pour aujourd'hui ou pour demain ? En français mais Franco comprend. Caroline appelle déjà Barberini. Elles embarquent le dossier, comme prova, comme preuve, dit Caroline, et sautent dans la Maserati. Gabriella, sans regarder Caroline qui termine sa conversation avec Barberini :

— Le hasard ! Tu vois que le hasard existe !

Rendez-vous dès que possible avec l'ispettore aux Tre Scaline, sur la piazza Navona.

Après, dans l'après-midi ouvert en grand, devant des rafraîchissements, obligés de hausser la voix à cause du vacarme bariolé sur la place Navona... Applaudissements de la foule des badauds aux exhibitions de jongleurs, cracheurs de feu, street dancers, des musiques mêlées... Barberini plisse les yeux son blazer bleu, essaie de récapituler, ces dames rectifieront s'il se trompe. D'abord il confesse avoir interrogé Galeazzo Pietro et n'avoir rien décelé d'anormal dans son garage. Depuis son affaire de drogue il semble rangé des affaires dangereuses. Il dottore Agostini a défendu Galeazzo et a gagné le procès, il a gardé sa défaite d'ispettore défenseur de la loi en travers de la gorge. Donc Amelia, on sait qu'elle sera à la festa ce soir, qu'elle revient de son week-end plus tôt que d'habitude. Parce qu'elle aime la fête ? Au passage, Gabriella remarque qu'on ne lui connaît pas de liaison, juste des flirtouilles parmi les habitués du Baccano. Pourtant aucun d'eux ne dirait non à une liaison avec une telle beauté. Et cultivée avec ça. Elle aurait un amant de cœur, serait entretenue ? Il faudra l'attaquer de front lui faire avouer le meurtre prémédité de Demetria. Au bénéfice de qui ? Sur l'ordre de qui ? Pas de Diogenes quand même ! Et débrouiller cette histoire de Pick-up indigo. Les deux véhicules roulent de conserve, pas possible autrement. Ce Sergio pourra peut-être dire à qui il a prêté le sien. Barberini aura son téléphone ouvert sur enregistrement dans la poche et procèdera à l'arrestation d'Amelia après ses aveux. Parce qu'elle avouera, il le jure sur le crâne de Sainte Agnès.

Ces dames sont d'accord. Maintenant on attend le coup de fil de Massimo, on va le prendre à l'agence de location de voitures, elles rentrent se changer pour la soirée, et on revient à cet appartement avec terrasse que Gabriella montre du doigt, tout en haut de cet immeuble au bout de la piazza.

Vers les dix-huit heures, ils récupèrent Massimo à une agence proche de la gare Termini, pas loin de l'adresse du studio d'Amelia, encore le hasard... Bonne nouvelle, le divorce de Massimo est prononcé. Il est libre, et... Mais demain Caroline, demain on parle d'avenir... Ensuite ces dames s'habillent chic en un clin d'œil, passent chez le marchand d'alcools au bord du Campo, et à dix-neuf heures, ils serrent la main d'Alberto, préposé à l'accueil, pour expliquer à quelle porte frapper au dernier étage. Il louche sur les fanfreluches sexy des dames et s'étonne de les voir arriver si tôt, et cette dame que Massimo tient par la taille ? La sua fidanzata [70] ? Eh ben lui qui voyait Gabriella en fiancée… Et ce monsieur, c'est qui…? Et puis on s'en fout, ils ont un laissez-passer spécial. Et il sourit parce que Barberini montre deux bouteilles, une de bourbon, pour une Silvana, lui a-t-on dit, l'autre de rum rare, de l'élixir de Cigalus, pour tous, et présente : Barberini Ettore, zio, oncle de Massimo. Est-ce qu'on l'accepte à la festa ?

Alberto rit, bien sûr, avec ces présents tu es un Roi Mage… Sei benvenuto Ettore… Soit le bienvenu… Anche tu signorina…

Dans l'ascenseur Caroline demande à Barberini si c'est vrai ce prénom d'Ettore, è vero, il tuo nome è Ettore ? Barberini déboutonne son blazer sans répondre et met son téléphone sur enregistrer.

Vittorio, le petit noiraud bouclé, leur ouvre, son accréditation de guide toujours autour du cou, hésite devant Massimo un bras sur les épaules de Caroline, devant ce vieux monsieur bien mis, Barberini, puis voit Gabriella, alors c'est bon, il s'efface. Il est encore seul avec Renato, occupé à faire passer sur un écran de télé le contenu d'une clé USB. Défilent des scènes, des moments chauds, vous allez voir, du film *Ieri, oggi, domani* [71] où Mastroianni joue le client riche et niais, joyeux, d'une Call-girl, Sophia Loren. Il lui demande de faire un strip-tease éclairé par la lumière du frigo. Elle obéit, mais pas devant le frigo… Renato en a traîné un dans un coin du living meublé à l'ancienne, sans chichis, juste à côté de la terrasse d'où monte le vacarme multicolore de la piazza. Une table est déjà bien garnie de bouteilles et de verres, de pizzas… Le bourbon et le rum de Barberini sont tout de suite débouchés. D'autorité, Renato sert du rum à Gabriella, lui murmure qu'il la croyait en couple avec Massimo. Gabriella répond d'un geste, pour dire et alors, c'est grave ? Une fois les verres pleins on fait les présentations. Et Renato, coupe avant le Strip de Sophia, Mara dans le film, fait revenir sa projection en arrière, cale le début pour tout à l'heure, quand les invités seront au complet, et éteint sa vidéo.

On s'installe dans les canapés. Vittorio demande à Caroline la signification de son tatouage, c'est du grec hein ? Caroline répond que c'est une formule pour jeter un sort à qui le lit... Vittorio se dépêche de boire une gorgée de grappa, pour conjurer.

Il est encore tôt. Les autres, des guides pour la plupart, ont mené des visites aujourd'hui, mais ne vont pas tarder. Gabriella, serrée de près par Renato dans un sofa vert, incapable de s'en débarrasser, en vient aux choses sérieuses :

— Est-ce que Sergio va venir ?

Renato pose une main sur la cuisse nue de Gabriella, obligée de supporter pour l'instant :

— Il a confirmé. Amelia aussi. Et sa présence à Rome un samedi est un miracle, juste pour notre festa : depuis l'abandon de ses études, son habilitation comme guide professionnelle, la plupart des week-ends elle part à l'aventure le samedi et rentre le dimanche soir... Des fois elle va voir ses parents à Naples. Ils tiennent une belle boutique de prêt à porter... Sûr qu'elle nous prépare un Strip devant le frigo à s'en souvenir toute la vie...

Et, imité par Vittorio, comme un vieux signe de ralliement, il pousse un hurlement de loup, ou de chien en rut, difficile d'identifier. Il se taisent, rigolards, et on sonne. Vittorio va ouvrir. Renato a ôté sa main de la cuisse de Gabriella, déjà debout. Barberini s'est adossé au mur près de la porte. C'est Sergio. Un dégingandé, tonsure de moine, tout en os, visage ouvert, franc. Il réagit tout de suite au nom de Massimo :

— Dottore Agostini ! Vous m'avez appelé pour mon Pick-up, savoir à qui je l'ai prêté avant ferragosto de l'an passé... J'ai vérifié mon carnet... Et je ne suis pas sûr de la date exacte... Le mois, août, oui, pas de doute... Ni à qui je l'ai prêté, un ami, forcément... J'ai noté Amelia... Mais je me souviens d'avoir confié le volant à Diogenes. Il allait aider Amelia à trimballer des trucs... D'ailleurs, à y repenser, je ne l'ai pas revu depuis...

Caroline a traduit. Sergio ouvre large les bras, navré de ne pas pouvoir en dire plus et se sert un ballon de rouge, n'importe lequel. Gabriella et consorts ont échangé un regard : il semblerait que Demetria ait bien couru saluer son père dans le Pick-up... Première partie des conséquences d'un hasard funeste... Ce qui met bien Amelia au volant de la Lancia. Gabriella sait que les autres pensent comme elle : Amelia conduisait bien la Lancia. Diogenes et elle devaient avoir une liaison. Depuis quand ? Depuis qu'il délaissait ses maîtresses habituelles, Silvana et autres, sans compter les touristes guidées sur les sites, pour devenir un Casanova monogame... Oui Amelia a saisi le hasard au vol : elle connaît Demetria, elle l'a vue au Baccano avec son père. Et là, possible qu'elle voie l'occasion de couper pour toujours Diogenes de son passé... Ou qu'elle veuille faire mal à la mère, ou...

Là-dessus on attaque les pizzas, tant pis pour les retardataires, on regarnit les verres, et on sonne. Amelia...? Vittorio fait son boulot de portier. Non, c'est Donato, un colosse, Carlo, et les trois excitées, toutes piaillantes, Silvana, Monica et Antonella, sapées à faire rougir un libertin, transparences et lingerie sans mystère, et déjà bien allumées au whiskey. Par réflexe, elles ont, comme les hommes, quand même leur carte d'habilitation au cou. Les présentations ont lieu à la va vite, on s'en fout...

Monica voit la télé, l'ordi branché, devine pourquoi et supplie qu'on voie les séquences du film. Renato obéit et on se masse devant l'écran. Quand Mastroianni suggère, l'œil fou, à Sophia, de faire un Strip éclairée par l'ouverture du frigo, il y a du frisson, du mmm, dans le groupe. Barberini est resté près de la porte, un bourbon en main. Massimo, Caroline et Gabriella se tiennent légèrement en retrait et sont presque bousculées par Silvana, pressée d'aller ouvrir le frigo, de commencer à se déshabiller, dans sa lumière pauvre. En même temps elle fredonne une chanson, à coup sûr chantonnée sans cesse par Diogenes autrefois, à faire hurler Caroline, *parole d'amore scritte a macchina...*[72] Renato laisse courir la vidéo, tout le monde regarde Silvana, encore cachée, jeter ses vêtements, montrer un bras, se pencher exhiber une cuisse la pointe d'un sein, et faire deux pas dans la pièce, offerte nue, dans une pose suggestive, aux sifflets de ses amis, en même temps qu'elle balance son string au pied de Caroline... Et elle vient se faire toucher, caresser, Antonella est déjà en train d'ôter ses bas, comme on voit Sophia, en guêpière de dentelle noire, le faire dans le film. Gabriella pense qu'on va basculer dans le sordide sous peu, plus question de faire un Strip. Massimo a son air d'audience difficile et tient Caroline avec fermeté par la taille.

Et Vittorio, le seul à avoir entendu sonner, fait soudain, dans ce chaos, entrer Amelia et Diogenes, suivi d'Alberto service de portier fini pour la soirée, surprise, c'est nous...!

Dans l'instant Diogenes, jean et chemise blanche, un Adonis pas à discuter, voit Caroline, blêmit, bredouille :

— Tu fais quoi ici ?

La voix de Caroline est calme, Gabriella surveille Amelia :

— Je viens te demander d'assumer ta complicité avec elle là, ta maîtresse, dans le meurtre de ta fille, avant de t'enfuir, de disparaître!

Et elle montre du doigt Amelia, en robe noire seconde peau, tentante à faire Compostelle à genoux pour la posséder, mais déjà sur la défensive :

— Qu'est-ce que tu racontes ?

Et elle prend des airs à amadouer Diogenes, commence à faire glisser sa robe, découvrir sa poitrine :

— Faut pas la croire... T'as toujours aimé quand je me déshabille... Regarde carissimo mio et tu m'emmènes loin d'ici...

Alors Gabriella, sans haine, énonce des faits attestés, tout le processus de la mort de Demetria, parce qu'elle sent que Caroline a envie d'arracher les yeux d'Amelia, de mordre un Diogenes tout ahuri, Gabriella accuse.

— Le hasard a été cruel cette veille de ferragosto...

Elle parle, raconte, et Diogenes regarde Amelia avec de plus en plus de stupeur. Quand Gabriella se tait, il est face à elle, lui parle en français, peut-être à cause de Gabriella :

— Du temps de tes études à la Sapienza je t'ai fait visiter Rome, comme guide officiel. Tu m'as séduit, je n'ai plus vécu que pour toi... Aucune aventure amoureuse depuis toi... Tu as abandonné la Sapienza, passé sans difficulté ton accréditation de guide. J'ai accepté de quitter Caroline et notre fille pour vivre avec toi, j'ignorais encore comment on ferait mais on le ferait, dans l'amour... Et là ma mère, à Torre del Greco, est entrée en phase terminale de son cancer. Elle est morte en décembre, je l'ai accompagnée pendant ses derniers mois, puis j'ai retapé sa maison pour la vendre au mieux et acheter un appartement ici, pour nous, tu le sais tout ça puisque tu es venue me rejoindre presque chaque week-end dans ces putains d'environ de Naples...

Il se tourne vers Caroline :

— Pardon, je ne savais pas que Demetria... Oui je suis passé par hasard via del Corso, j'ai vu Demetria devant cette vitrine, je me suis arrêté un instant, pas parce que je rompais tout lien avec toi Caroline et notre fille, je me rendais tellement compte d'être un salaud, je me suis mis à pleurer quand elle a couru vers moi, alors j'ai foutu le camp...

De nouveau à Amelia :

— Et toi tu me suivais... Tu as tué ma fille de sang froid ! Pourquoi ?

Tout le monde est pétrifié, sauf Barberini, posté devant la porte. Même Silvana, toujours nue, qui se blottit contre Renato, se chuchote à elle-même, non è possibile, non è... Amelia a un mauvais sourire, ouvre les mains :

— Oui, pas pu résister à la tentation... J'ai voulu faire de toi un homme libre... Vraiment libre. De toute façon tu ne voulais pas de cette enfant, tu as même voulu consulter un avocat pour chercher un moyen assuré, légal, de ne pas être forcé par la mère de la reconnaître... Que tu disais... Mais tu mentais, tu voulais l'inverse, garder la fille, qu'elle vive avec nous, et obliger la mère à quitter l'Italie... L'avvocato l'a bien dit au bar Baccano...

Elle montre du menton Massimo qui secoue la tête, marmonne, pas du tout, pas du tout, je bluffais, jamais eu de contact avec cet homme...

En même temps, Amelia recule vers la terrasse d'où il est facile de passer sur celle de l'appartement voisin par une séparation pas très haute, tente soudain, sur ses derniers mots, de fuir, pose un pied sur la balustrade vers la piazza pour mieux sauter de l'autre côté, et Diogenes est sur elle, l'agrippe, elle résiste, Gabriella veut la sortir de cette zone de danger, elle peut tomber, mais Amelia accroche son bracelet à la Louve, la tire à elle, le bracelet se tord et Amelia lui balance un coup de poing, griffe les bras de Diogenes... Alors il la pousse comme s'il la voulait disparue... Massimo arrive trop tard... Gabriella voit cet instant terrible où les yeux d'Amelia s'agrandissent de savoir qu'elle meurt, et elle bascule, va s'écraser sur le pavé de la piazza.

Barberini est déjà là, parmi tout le groupe accouru. Il appelle immédiatement ses collègues au téléphone, explique :

— Si, un suicidio... Piazza Navona... Sono gia di là...

Et il donne vite, avant de descendre vite contenir les badauds morbides, il crie presque des précisions pour tous. Amelia s'est suicidée. Il est officier de Police, ispettore et témoin fiable. Cette jeune femme s'est jetée dans le vide de son propre gré. Tout le monde doit dire pareil ! Et Silvana se rhabiller subito !

Grand silence sur les pas de Barberini dans l'escalier. Tous sont sidérés, ont murmuré un petit « si » aux paroles de l'ispettore. Diogenes essaie de venir vers Caroline, des bégaiements plein la bouche... Il a pas voulu... Massimo le rejette d'un geste et serre contre lui Caroline en dérive, parle à son oreille. C'est fini, ils ne se quitteront plus...

Le cœur encore en chamboule, Gabriella ôte de son poignet le bracelet tordu, la Louve encore vaillante quand même. Bon marché mais solide. C'est tout ce qu'elle peut penser sur l'instant. Et presque rire de voir Diogenes, dans un état second aller se servir un verre de rum sous le regard effrayé de Silvana, toujours nue.

Epilogue

Massimo a insisté, si, si Gabriella, Gianni va te conduire à Fiumicino avec son taxi clandestin. Il te doit bien ça. Dans la voiture elle repasse en esprit son séjour romain, tout ce qu'elle a vécu comme aventures, et tout ce qu'elle a raté de visites de monuments et de musées. Mais elle se rattrapera quand elle viendra aux noces de Caroline et Massimo. Les habitués du Baccano y seront aussi. Lors de l'enquête sur la mort d'Amelia, tous ont confirmé la déclaration de Barberini. Le dossier est clos.

Elle écoute aussi Gianni bredouiller une sorte de français bricolé. Et se souvient qu'elle le soupçonnait de vouloir sa mort et qu'il l'a tirée d'un mauvais pas du côté du Colisée. Alors, à l'aéroport, quand il sort sa valise du coffre, elle l'attrape aux revers et lui donne un baiser à garder gravé au profond de son cœur. Il en est tout chose, la serre contre lui, pas mal longtemps, essaie de la caresser, se fait repousser, c'est bon, t'as eu un baiser, et repart sur un :

— A presto...? [73]

Elle fait oui de la tête, le retient un instant, lui offre son bracelet à la Louve, tout tordu de la festa, attend qu'il le passe à son poignet, monte en voiture. Puis elle regarde la voiture s'éloigner, cherche son billet d'avion, sent un papier dans sa poche. Une blague de Gianni ? Elle déplie et lit : « Ti amo. Gianni ».

Elle soupire, sourit, voilà pourquoi ces caresses, elle a cru que le Gianni essayait de lui piquer son téléphone... Allons, trêve de bluette... Encore que... Seul remède, appeler papa Gabriel :

— C'est moi. Je rentre. Demande aux filles de la Scolasse de me préparer un dîner frugal. Après je prends pension. J'ai une longue histoire à rédiger sur mon blog et je vais me cloîtrer chez elles quelques jours, éviter d'être dérangée... J'aimerais aussi qu'elles se procurent du Zacapa, c'est un rhum hors de prix, je t'expliquerai... Quoi, tu pars en vacances au Touquet à midi ? Tu veux que je te raconte tout de suite ? Tu ne vas pas le croire... C'est d'abord une affaire de tatouage en lettres grecques...

Toujours le même mardi

Le retour de Gabriella à la Sainte-Scolasse est accompagné du tonnerre, des hallebardes, d'un orage d'été et d'un faux crépuscule. Elle pense déjà à son blog, à faire le point sur ses aventures romaines, titre « Les enfants victimes des tragédies de la rue », ou... A cette heure où le restaurant n'est pas encore ouvert, les habitués sont réfugiés le long du comptoir et Julie manque de renverser une chope à l'entrée de la jeune femme :

— Bonsoir notre Italienne !

Et fort, qu'on l'entende de la cuisine :

— Gabriella nous est revenue !

Même pas le temps de s'essuyer les cheveux, retirer sa veste trempée, poser sa valise, sortir son ordi, surtout pas de continuer à structurer sa pensée sur son article, Gabriella est assaillie, embrassée par les deux maîtresses de céans, saluée avec dignité par Vlad le cuistot roumain. Les filles trépignent :

— Alors, cet Italien, t'as rien voulu nous dire avant ton départ, mais maintenant tu peux ! Il est romain ? Allez, raconte !

Gabriella lève un sourcil :

— De quoi vous parlez ? D'un amoureux à Rome ? Dans vos rêves ! J'ai participé à une enquête et je voudrais bien m'installer ici quelques jours pour...

Elle s'interrompt parce que Julie vient de se baisser et de ramasser un papier, le lit tout haut :

— « Ti amo, Gianni. »

Et les filles hurlent, il s'appelle Gianni, c'est un prénom idéal pour une passion, demandent si le Poulpe est au courant – il se prélasse au Touquet – tu le sais, t'as pas une photo qu'on lui envoie par SMS ? Vlad hoche la tête. Gabriella sait qu'elle ne peut pas calmer cet enthousiasme, démystifier, revenir au sérieux, au vrai de son séjour romain... Le billet de Gianni tombé de sa poche ! Elle s'en mangerait les doigts mais bon, autant jouer le jeu. Alors elle prend les filles tout contre elle, prend une mine de conspiratrice et leur chuchote à l'oreille :

– C'est une longue histoire d'amour. Il faudra être sages si vous voulez que je vous la raconte. Mais pas tout de suite. D'abord je boirai bien un verre de rhum !

Notes

1. Je vous prie, pour manger
2. Ah vous n'avez pas la clef de l'appartement
3. Bonsoir
4. Installez-vous, je vous prie. Nous attendons un instant ?
5. Mille mercis. Je voudrais un verre de...
6. Où allons-nous ? « *Voler oh oh chanter oh oh oh* »
7. Femme de chambre
8. « Peaux et sacs »
9. Qu'est-il arrivé ici, Gigliola, il y a un an ?
10. Police de la route, criminelle.
11. Autres nouvelles ?
12. Elle vivra toujours ta fille...
13. Qu'avez-vous vu Mademoiselle, Madame, Monsieur ?
14. Pour moi aussi
15. Excusez-moi
16. Allons-y !
17. Fromagerie
18. Toi aussi mon fils
19. *Voleurs d'étoiles du jazz, nous étions ainsi, les femmes détestaient le jazz* (Paolo Conte)
20. ... lignes de lecture pour trouver des coïncidences entre les témoignages...
21. si beaucoup de témoignages ?
22. Voiture ou vespa ? Où était Démétria ? Sur la chaussée ou le trottoir ? Pour chaque témoin : qui est cet homme, cette femme en réalité ? Quel métier ? Et surtout : si quelqu'un a vu ramasser, un lambeau de la robe de la petite. Un tissu couleur arc en ciel.
23. Mais le reste demeure obscure, non ?
24. croissants
25. Je voudrais quelque chose comme çà... Ma taille est...
26. Quarante-deux ou quatre...
27. Pâtes faites à la maison
28. Poulet chasseur
29. peint en bleu (allusion à la chanson Volare)
30. Mais une voiture, on en a pas...
31. Maintenant
32. Mais peut-être que Massimo me prête la sienne... une Maserati Quattroporte...
33. Je suis Renato, viens avec nous...

34. Et alors, qu'est-ce que tu fais ici ?
35. Je cherche quelqu'un, peut-être un homme...
36. Tu l'as trouvé...
37. Cher Renato, je voudrais un rhum, un Zacapa Royal si c'est possible...
38. Laisse tomber
39. le futur est passé par ici
40. je suis ici avec vous à cause de toi
41. Mon défaut !
42. Finalement je suis de retour
43. Tu es avocat
44. Oui. Et mon client... Son nom était... J'ai oublié...
45. Diogenes. Notre Casanova et ses mille-trois amantes !
46. *Sans une femme* (chanson de Zucchero)
47. Trop avares ces Hollandais, jamais de pourboires...
48. Quelle honte !
49. Quelqu'un comme François Cenci...
50. Je ne connais pas cet homme...
51. Bienvenue à Rome... et bonne chance à vous !
52. Volée. Non. Jamais.
53. Sûr... Oui...
54. Il a raison...
55. Office municipal du Tourisme
56. *Je suis ici avec toi toujours plus seul* (Paolo Conte)
57. Rien d'autre ?
58. Je peux vous aider ?
59. Fous le camp... sinon...
60. Qu'est-ce qui se passe ? Je cherche...
61. Ils sont là-bas... Le fanion vert.
62. *Comme avant... je t'aime toujours plus fort...* (Mario Panzeri)
63. Le fiancé est déjà trouvé. Maintenant elle attend le mariage.
64. Bonsoir. Les clefs de la Maserati du Dottore, pouvons-nous...
65. Oui, venez avec moi...
66. Où as-tu trouvé ça ?
67. Ce chiffon... d'où ?...
68. Mais je ne sais pas où... Je n'ai rien fait... Ah oui je me souviens maintenant...
69. 14 août 2022
70. Ta fiancée ?
71. *Hier, aujourd'hui, demain* (film de Vittorio De Sica)
72. Paroles d'amour écrites à la machine (Paolo Conte)
73. A vite ?

Imprimé en France par
CPI Bussière
en mai 2025
N° d'impression : 2084652